KB187369

충만한 삶을 살아라 *Live Life Fully*

THE POWER OF FLOWERS by Vicki Rawlins

The Power of Flowers

꿈꾸는 꽃밭,

삶은
피고져서
아름다운
것이다

빅키 롤린스 시 음 ㅡ

최영민 옮김

nomad
지식노마드

방랑자 *The Wanderer*

나의 일상을 비추는 햇빛

크레이그, 브룩, 앤드루에게

역시 집이 최고야 *Home Sweet Home*

❧ 프롤로그 ❧

　나는 늘 무언가를 만들어왔다. 처음 창작의 기쁨을 느꼈던 때가 다섯 살 무렵이었으니까 꽤 오랫동안 예술 활동을 해온 셈이다. 기억하기로 그때 당시 어렸음에도 나는 뭔가를 만들면서 내 안의 어떤 온전한 장소에 깊숙이 들어가고 있다는 느낌을 받았다. 그런 경험을 할 수 있었던 데는 부모님의 영향이 컸다. 부모님은 내가 무엇을 하든 열렬히 지지해주셨고 단 한 번도 내가 결정한 일에 대해 다시 생각해보라고 요구하지 않으셨다. 나에 대한 부모님의 전적인 믿음은 나의 인생 및 예술 여정에서 성장과 탐험에 필요한 밑거름이 되었다.

내가 내 인생의 '탐험기'라고 부르는 시기는 고등학생 때 시작된다. 엄마가 바느질하는 법을 가르쳐준 바로 그 때였다. 이후 나는 스스로 옷을 잔뜩 만들어 입었다. 갓 성인이 되어 시카고 시내에 살았던 시절 나는 천 위에 그림을 그린 다음 이 천을 수제 베개와 옷으로 만들어서 고급 편집샵에 판매했다. 그림과 바느질의 만남이라니. 게다가 이 만남으로 쓸모 있는 예술 작품이 탄생하다니. 이 경험은 흥분을 넘어 내가 안전하게 머물고 있던 예술적 영토 밖으로 나오도록 이끌었다. 탐험 기간 내내 욕망한 것도 바로 이것이었다. 학교에서 누군가가 내게 창작 대상을 정해줄 때마다 나는 이렇게 생각했다. '누가 그어놓은 경계 너머에 나를 위한 다른 무언가가 있지 않을까, 정말 그런지 직접 알아보고 싶어.' 폴리머 점토 Polymer clay라는 재료를 찾은 것도 탐험의 일환이었다. 점토 공예는 가마를 필요로 하는데, 학교를 제외하면 사용할 곳이 마땅찮았다. 대안으로 찾은 게 폴리머 점토였지만 결과적으로 나에게 딱 맞는 재료였다. 덕분에 가마 없이도 얼굴, 꽃, 벌레, 가구 등을 미니어처로 만들 수 있었다. 그런 다음 나는 이들 미니어처를 보석, 액자, 거울 등으로 제품화했다.

내가 직업으로서 선택한 첫 예술 활동은 그래픽디자인과 일러스트레이션이었다. 딱히 마음이 끌리진 않았지만 예술가로서 경력을 시작하기 좋은 분야였다. 미술을 공부하면서 매료된 분야는 따로 있었다. 하나는 페인팅이고 다른 하나는 드로잉, 그중에서도 초상화였다. 훗날 다양한 매체를 경험해보고 깨달은 것은, 어떤 예술 매체를 접했을 때 끌리는 수준을 넘어 자신과 연결되어 있다는 느낌이 들면 주저 말고 그 매체에 푹 빠

져보는 게 중요하다는 점이다. 이는 모든 예술가에게 권장할 만한 예술 훈련법이라고 생각한다.

두 아이가 학교에 입학하자마자 나는 그토록 좋아했던 페인팅을 다시 시작했다. 다만 이번에는 시카고 최고의 인테리어 디자이너에게 고용되어 벽과 천장에 그림을 그렸다. 예술가가 누군가의 지시를 받으며 일하는 것은 고될 수 있다. 고용주는 내가 자신의 비전을 실현해주길, 그것도 완벽하게 해내길 바랐다. 이따금 나는 정신적으로나 육체적으로 한계에 부딪쳤다. 몇몇 벽화의 경우 실행 계획을 세우는 일만 해도 아주 복잡한 퍼즐을 맞출 때처럼 에너지를 많이 소모했다. 그럼에도 일하는 동안 나는 아름다운 공간에서 아주 많은 것을 배웠고 멋진 사람들을 만났다. 내 몸이 "더는 못하겠어"라고 작업용 사다리에게 말하기까지 십 년 넘게 이 일을 했다. 이제 내 몸에 귀를 기울일 때였다. 개인 작업실을 구해 캔버스 위에서 놀아보라는 남편의 말에 따를 때가 왔다. 마치 오랫동안 떨어져 지내던 옛 친구와의 재회를 앞둔 기분이었다.

인생이 주는 이상한 선물

인생에는 설렘도 있지만 절망도 있다. 어둠뿐인 엉망진창인 그 시간도 얘기할 가치가 있다고 믿는다. 고통의 열매가 얼마나 값진 것인지를 깨닫는 날이 오기 때문이다.

2012년쯤이었을 것이다. 열흘 간의 흔한 항생제 복용을 마친 직후 내 건강은 급작스럽게 악화하기 시작했다. 견딜 수 없을 정도로 고통스럽고 아파서 수많은 의사와 전문가에게 도움을 청했고 마침내 항생제 중독이라는 진단을 받았다. '플루오로퀴놀론'이라는 항생제는 내 인생을 통째로 뒤집어엎었다. 중독 증상에는 힘줄과 근육 및 관절 손상을 동반한 중추신경계의 전면적인 마비가 포함됐다. 이들 증상은 신체 기능을 망가뜨리며, 심하면 영구적일 수도 있었다. 나는 몸을 쇠약하게 하는 신경 장애, 근육 및 관절 통증, 보행 곤란, 피부 발진, 시력 손상(눈알에 신경 장애가 나타났다!) 외에도 수많은 증상을 경험했다.

한순간에 내 인생은 완전히 무너졌다. 대개는 모든 증상이 한꺼번에 나타났다. 어떤 날에는 말 그대로 벼락을 맞은 느낌이 들면서 허리 아래부터 다리까지 감각이 없었다. 불붙은 담배를 손바닥 위에 대고 지져서 끄는 것 같았고, 손바닥에 강렬한 통증이 있거나 아니면 아예 감각이 없어서 손으로 무언가를 쥐기가 힘들었다. 머리부터 발끝까지 몸 안팎으로 극심한 통증과 신경 장애가 나타났다. 시간이 지나도 증상은 사라지지 않았고, 나는 미래가 걱정됐다. 이건 내가 꿈꾼 '삶을 즐기는 오십 세'와 어울리지 않았다. 전혀 달랐다. 이제는 누구도 나를 치료해줄 수 없다는 가혹한 사실을 인정해야 한다는 생각이 들었다. 의사들도 여기서 어떤 도움을 더 줄 수 있을지 모르고 있었다. 이 상황에서 빠져나갈 방도를 어떡하든 나 스스로 찾아야 했고, 그러려면 우선 내 삶에서 '뉴노멀'을 만들어야 했다. 당시 나는 나를 나로 만드는 단 하나의 그 일을 다시 할 수 있을지가 내내 궁금했다. 예술 작품을 만드는 재능은 늘 나를 나로 존재하게 해주는 생명줄이었다. 예술은 내가 길을 잃은 곳이기도 했지만 최고의 몰입을 경험하는 곳이었고 내가 완전하다고 느끼는 곳이기도 했다. 이 시기에 나는 두려움을 물리치기 위해 그 어느 때보다 예술이 필요했다.

어느 날 불쑥 찾아온 꽃이라는 손님

당시 손으로는 도저히 붓을 쥐기가 힘들었다. 붓대가 얇아서 고통이 더했다. 그래서 찾은 방법이 붓대에 압박 붕대를 감아 두껍게 만드는 것이었다. 덕분에 5×5인치 크기의 수채화 스케치북에 색을 칠하는 데 큰 도움이 됐다. 비록 작은 발걸음이었지만 나는 감격스러웠다. 작업 규모가 작다는 것은 여러모로 장점이었다. 집에서도 그림을 그릴 수 있었고 무엇보다 작업실을 비운다는 찜찜함을 덜어주었다. 그때만 해도 집이 창작 공간으로서 얼마나 완벽한 곳인지 몰랐다. 그때 우리집은 일리노이 주 에번스턴의 노스웨스턴 대학에서 두 블록 떨어진 곳에 있었다. 햇살이 가득 들어오는 3층 아파트였다. 남동쪽을 향해 있어서 나는 종일 아름다운 햇빛과 함께 머무를 수 있었다. 울적할 때면 나는 속으로 이렇게 생각했다. '내가 만약 이 병으로 완전히 불구가 된다면 이 아파트는 나무 위의 집처럼 느껴질 거야. 새처럼 모든 것을 내려다보며 안전하게 머물 수 있는 곳 말이야.'

집에서 보내는 시간이 많아지자 집 분위기를 밝혀줄 수 있는 무언가를 갖다 놓고 싶었다. 나는 동네 꽃집에서 사온 생기 넘치는 꽃을 꽃병에 담아 부엌의 아일랜드 테이블 위에 올려두었다. 부엌에서 볼 때마다 꽃은 활기를 북돋고 희망을 건네주었다. 꽃은 자기가 가진 아름다운 색과 기쁨을 몽땅 우리집으로 갖고 들어와 나를 바깥세상과 다시 연결해주었다. 꽃이 시들기 시작하면 나는 오래된 줄기를 빼내고 꽃다발을 다시 만들어 꽃병에 담았다. 한번은 시든 꽃을 정리하지 않고 내버려 두었는데, 며칠이 지나자 초라한 꽃다발 주변에 꽃잎이 쌓여 있었다. 나는 손으로 꽃잎을 퍼 올린 다음 창가로 가 앉았다. 그리고는 무심코 손으로 꽃잎들을 이리 저리 굴리며 갖고 놀았다. 처음에는 단지 가벼운 손장난일 뿐이었다. 그 러다가 어느새 장미 꽃잎이 얼굴이 됐고 다른 꽃잎이 디테일을 더했다. 나는 여러 식물의 일부분이 모두 제대로 배열됐을 때 전혀 다른 형상을 띤다는 점이 마음에 들었다. 어떤 날은 꽃잎과 줄기를 배열하는 동안 갑 자기 불빛이 번쩍거리며 나를 가득 채웠다. 나는 평소에 하던 일과는 다 른 무언가에 나를 잊을 정도로 몰입했다. 내가 그토록 갈구했던 새로운 에너지가 솟구쳤다. 그래서 매일 나는 이 작업이 내가 스스로 처방한 치 료법인 양 창가에 앉아서 꽃을 가지고 놀았다.

나는 언제나 식물로 작업하는 일 이 나를 '불쑥 찾아왔다'라고 말한다. 익숙한 곳에서 익숙한 일만 했다면 쉬웠을 것이다. 그러나 두려움도 그 대로였을 것이다. 꽃과 나뭇잎은 나 를 집 밖으로 밀어냈다. 나는 작업에 쓸 나뭇잎을 찾으려고 아파트 근처 를 쭈뼛거리며 돌아다녔던 날을 기 억한다. 근처에 참피나무가 있었고, 몇 발자국 나가면 아카시아나무가

있었고, 조금 더 걸으면 덩굴 덤불이 있었다. 가을이면 남편에게 노스웨스턴 대학 캠퍼스로 데려가 달라고 부탁해서 나무 아래에 떨어진 나뭇잎을 줍기도 했다. 시간이 감에 따라 나는 조금씩 혼자 힘으로 아파트에서 더 먼 곳을 향해 발을 내디뎠다. 작은 발걸음을 내디뎠고… 골목을 따라 내려갔고… 길가로 나아갔고… 모퉁이를 돌았다. 아주 오랜만에 처음으로 나는 내 고통이 아니라 창작에 집중했다.

내가 있어야 할 곳으로 가다

꽃과 나뭇잎으로 작품을 만들기 시작한 지 이제 십 년 가까이 된다. 이 말은 딸 브룩이 나에게 황당한 제안을 한 지도 거의 십 년이 지났다는 얘기다. "엄마, 저랑 같이 사업하실래요?" 나도 말로는 그래, 대답하며 딸의 제안을 받아들였지만 내 안의 모든 것은 손사래를 치고 있었다. 사실 딸아이의 제안은 하등 이상할 게 없었다. 그동안 우리 모녀는 독특한 수제 공예품을 만드는 독립 예술가의 작품을 전시·판매할 공간이 필요하다는 얘기를 여러 번 나눴기 때문이다. 어쨌든 딸아이는 예술가인 엄마 밑에서 자랐고, 우리 모녀에게 예술을 세상과 공유하는 일은 중요했다. 하지만 타이밍이 문제였다. 나는 준비됐다는 느낌이 전혀 들지 않았다. 과거와 달리 나는 몸의 상태를 통제할 수 없었고, 삶을 꾸려가는 새로운 방식에 여전히 적응하는 중이었다.

나는 딸아이에게 사업을 어디서 어떻게 시작할 계획인지 물었다. 브룩은 캘리포니아 주 샌디에이고 라호이아에 살고 있었다. 당시 내가 사는 곳에서 비행기로 4시간 거리에 있는 곳이었다. "엄마 작품을 온라인에서 파는 것부터 시작해요!" 나는 입으로는 좋은 생각이야, 라고 말했지만 속으로는 기겁했다. 이 대화를 전화로 나눴기 망정이지 얼굴을 봤다면 나의 진짜 마음을 들켰을 것이다. 한동안 꾸준히 창작 활동을 하지 못한 탓에 사업에 뛰어들기가 망설여졌다. 하지만 브룩은 일을 계속 추진했고, 우리의 가게 시스터 골든Sister Golden이 탄생했다. 내가 집에서 작업한 수채화 인쇄물을 판매하는 것으로 사업은 시작됐다. 그러는 동안 나는 꽃잎과 나뭇잎으로 더 많은 작품을 만들었고 점점 이 작업에 빠져들면서 완전히 사로잡히게 되었다. 나와 오랫동안 함께한 페인팅은 결국 뒷전으로 밀려났다. 이렇게 다시 한 번 세상이 내 앞에 불쑥 나타나서 나를 안락한 공간에서 강제로 끄집어냈다.

현재 우리 모녀는 온라인 매장뿐만 아니라 위스콘신 주 도어 카운티에 오프라인 매장도 열어 꽤 잘 운영하고 있다. 우리 가게가 된 건물을 리모델링하는 동안 나는 딸아이에게 안쪽 방을 창고로 사용하자고 말했다. 브룩은 정색하며 이렇게 대답했다. "농담이시죠?! 그 방은 엄마의 플라워 아트 갤러리로 사용할 거예요!" 내가 볼 수 없는 것을 보고 내가 마땅히 있어야 할 곳으로 나를 보내주는 사람들이 있어서 얼마나 다행인지 모른다.

흥미로운 잎사귀를 발견하는 즐거움

나는 거리를 산책하거나 우리집 정원을 거닐면서 작업을 시작한다. 사실 나에게 영감을 주는 곳이라면 어디를 걷든 상관없다. 이러한 걷기는 나에게 '맨발로 걷기' 또는 '삼림욕'과 비슷했으며, 매우 강력한 테라피 효과가 있었다. 나는 걸으면서 머릿속을 비우고 내 주위를 둘러싼 것과 연결되려고 노력한다. 특별한 것을 찾으려는 게 아니다. 마른 씨앗과 꼬투리, 특이한 나뭇잎에 매력을 느끼고, 예상치 못한 순간에 흥미로운 잎사귀를 발견하는 즐거움을 느낄 뿐이다. 내가 발견한 멋진 나뭇잎을 보고 지나가는 사람들이 눈길을 주면 보람을 느끼기도 한다.

한 해를 살면서 미국의 완전히 다른 두 지역에서 꽃과 나뭇잎을 모을 수 있다는 것은 신나고도 특별한 일이다. 위스콘신 도어 카운티에서 여름을 보내면서는 아미초, 데이지, 루드베키아, 치커리, 스위트피, 흰 서양톱

풀, 버섯, 미역취, 나무딸기를 한가득 발견한다. 샌디에이고 라호이아에서 겨울을 보낼 때는 가지각색의 다육식물, 장미, 양귀비, 루피너스, 히비스커스, 동백나무, 재스민, 극락조화, 부겐빌레아, 유칼립투스 나뭇잎, 좁은잎카제풋, 미모사를 만난다. 게다가 길 아래쪽의 바닷가에는 모래, 작은 조개껍데기, 떠다니는 나뭇가지들이 있어서 더더욱 만족스럽다. 바다는 뭘 해도 좋은 곳이다! 어디에 있든 상관없이 내 손에 초록색의 무언가가 한 움큼 쥐어져 있으면 작품을 만들 생각에 마음이 설렌다.

　나의 작업실에는 천장 선풍기가 없다. 작업 테이블 가까이에 있는 창문은 열어두지도 않는다. 인공 접착제를 전혀 사용하지 않고 자연 접착제인 중력만 사용하는 예술가에게 바람은 작품에 위험 요소이다. 이렇게 조심하는데도 어떻게 들어왔는지 이따금 모험심 강한 벌레가 작업실로 난입해 내 작품 위를 걷는 바람에 작품 속 얼굴을 엉망으로 만들어놓기도 한다. 내가 사용하는 유일한 도구는 가위와 핀셋이다. 특히 핀셋은 접착 없이 작업판 위에 살포시 자리 잡고 있는 다른 식물을 흐트리지 않고 작업해야 할 때 절대적으로 필요하다. 그렇다면 세워두지도 못하고 보관하기도 어려운 이 작품들은 어떻게 처리되는 걸까? 나는 작품을 완성하고 나면 사진을 찍은 뒤 밖으로 가지고 나가 땅에 남김없이 뿌린다. 마치 티베트 불교의 만다라처럼. 나는 새로운 생명을 위해, 나뭇잎과 꽃을 보내준 땅에 기꺼이 되돌려준다.

모험이 기다리고 있어 *Adventure Awaits*

달과 별을
바라보았지

Under the Moon & Stars

어릴 적 풀밭에 누워 밤하늘을 올려다봤던 때를 기억한다.

눈앞에 펼쳐진 광경이 너무 놀라워 대체 내가 뭘 보고 있는 건가 궁금해하곤 했다.

그럴 때면 뭔가 현실이 아닌 것 같다는 기분이 들면서도

왠지 저 너머에서 일어나는 일과 내가 연결되어 있다는 느낌이 들었다.

어른이 되어 도어 카운티에 사는 동안에도 나는 믿을 수 없을 만큼 멋진

밤하늘을 목격했다. 어릴 때와 마찬가지로 달은 여전히 해처럼 둥실 떠올랐고

별을 한껏 품은 듯한 은하수가 하늘을 빼곡히 수놓고 있었다.

23

내가 본 가슴 벅찬
밤하늘을 어떻게 표현할
수 있을까. 우선 칠흑 같은
하늘 배경이 있어야겠다.

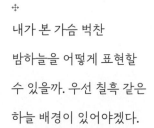

그 위에 반짝거리는 별과
빛나는 달이 자연스럽게
떠오르게 하자.

나는 작품을 통해
우리가 잃어버린 시간을
되돌리고 싶었다.

달과 별을 보며 품었던
꿈을, 소원을, 우주와의
연결을 되살리고 싶었다.

✢
페닌슐라 주립공원 근처에
내 작업실이 있다 보니 각양각색의
텐트와 더불어 캠핑을 즐기는 멋진
사람들을 심심찮게 보게 된다.

한동안 캠핑을 접었던 우리 부부로서는
흥분되는 볼거리가 아닐 수 없다.
그래서 여름이면 우리는 한가로이
공원을 거닐면서 사람들이 예쁘게 꾸며
놓은 캠프장을 구경하곤 한다.

우리 부부는 모닥불 타는 냄새를
좋아하며, 가족과 친구들이 별빛 아래
혹은 나무 아래 옹기종기 모여 있는
모습을 보면 마음이 포근해진다.

저 소년은 밤하늘을 바라보며 무슨
생각을 하고 있을까. 밤 도화지에
별들이 그려내는 새로운 그림을 찾고
있는 것은 아닐까. 이 작품을 완성하고
난 뒤 불현듯 이런 궁금증이 일었다.

마치 내가 광대한 자연의 세계를
거닐며 나뭇잎과 꽃을 모아서
소년과 소년의 강아지, 텐트로
재창조하는 것처럼 소년 역시 별들이
새로운 모습으로 태어나는 모습을
지켜보는지도 모른다.

빈센트 반 고흐의 말이 떠오른다.
"나는 확실히 아는 게 아무것도
없지만 별을 보면 꿈을 꾸게 된다."

✢

나는 이 작품을 통해 한 풍경이 아닌
어떤 느낌을 함께 나누고 싶었다.
한밤. 자그마한 집. 키 큰 소나무들이
포옹하기라도 하듯 이 집을 따뜻하게
둘러싸고 있고 눈송이도 누구의 잠을
깨울까 속삭이듯 내려앉는다.

세상 어느 곳보다 안전하다는 느낌이 드는가?
화롯가에 앉아 재미있는 책을 읽을 때의 그
포근하고 아늑한 느낌이 드는가? 나는 바로 이
느낌을 전하고 싶었다.

〈고요한 밤〉에서 내가 가장 좋아하는 부분은 굴뚝에서 새어 나오는
연기와 나무 위를 날아다니는 홍관조들이다. 평온함이란 이렇게
조용하고 한가로운 것이 아닐까. 고요한 밤에 흩날리다 땅 위에
소복이 내려앉은 눈은 안개꽃과 카네이션 꽃잎으로 만들었다. 높다란
나무와 달, 오두막은 실제 내가 살고 있는 집 마당의 삼나무 잎과
나뭇가지, 낙엽으로 만들었다.

내 작업실 뒤편에는 나이 지긋한 솔송나무 한 그루가 산다.
솔송나무의 몸통 아래쪽은 텅 비어있는데, 이 공간은 썩은 나무껍질,
연한 초록색의 이끼, 사랑스러운 작은 버섯으로 가득 차 있다.

내 눈에 이 모습은 하나의 미니어처
세계처럼 보인다. 나는 언제나 이곳이
요정과 도깨비가 긴 여행을 마치고
쉬어가는 작은 버섯 여관일 거라고
상상했다.

판타지에 등장하는 집들이
대개 그렇듯 버섯 여관 역시
우스꽝스러운 비밀을 잔뜩
숨기고 있겠지!

그나저나 곰곰이 생각해보니 커튼을 마련하는 데
십 원 한 장도 쓰지 않았다는 사실을 알게 되었습니다.
해와 달 이외에는 내 집을 들여다볼 이가 없을 뿐더러
외려 해와 달이 내 집을 들여다봐주길
내 쪽에서 간절히 바라기 때문입니다.

헨리 데이비드 소로우, 《월든》 중에서

✤

작품을 편애하면 안 된다는 걸 알지만
다육식물을 사랑하는 나로서는 이 작품을
만들며 황홀한 기쁨을 느꼈다.

샌디에이고 라호이아 지역의 씨레인Sea Lane
가에서 겨울을 보내는 동안 나는 작품 속
옆면에서 '커다란' 열대식물 역할을 맡아줄 작은
초록 잎을 찾아 헤매곤 했다. 전체적인 어울림도
고려해야 했기 때문에 색상과 질감 면에서
까다롭게 잎을 고를 수밖에 없었다.

나에게 짜릿한 순간은 이렇게
힘들게 찾은 잎이 다른 식물과
조화를 이루면서 살아 있는
물감으로서 작업판에 '칠'해질

때이다. 차오르는 이 충만감 때문에
나는 식물로 작품 만드는 일을
사랑할 수밖에 없다.

✣

〈우주 먼지〉에 대한 영감은 길을 걷다가 발견한 어느 집 커튼에서
비롯되었다. 불현듯 아련한 장면 하나가 떠올랐다. 작품 속 작은
방은 십 대 시절 내가 꿈꾸던 침실을 닮았다. 꿈의 침실에는
큼지막한 창문이 있고 그 위쪽에는 알전구가 매달려 반짝이고
있으며, 창턱은 앉아서 밤하늘을 보며 생각에 잠길 수 있을 만큼
넓다. 창문 주변에는 반려식물을 심은 화분이 놓여 있고 벽에는 내가
가장 좋아하는 예술 작품이 걸려 있다. 꿈을 함께 나눌 복슬복슬한
털복숭이도 곁에 있다. 이 꿈의 침실은 무엇으로 만들었을까?
대나무, 미모사, 종려나무 잎, 유칼립투스 나무껍질, 백묘국, 말린
잎이 동원되었다. 물론 다육식물도 한몫했음은 말할 것도 없다.

╬
어느 날 저녁 딸아이 집에서 차를 몰고
귀가하던 중 이 작품과 똑같은 광경을
마주했다.

하늘은 어두웠고, 내 눈에 들어온 달은 구름 속에서
그윽이 빛을 뿜어내고 있었다. 달빛으로 물든 들판이
너무 아름다워서 운전 중 한눈을 팔지 않도록 정신을 바짝
차려야 했다.

그때 갑자기 어디선가
귀여운 불청객이 날아왔다.
원숭이올빼미였다. 주로 밤에
활동하는 탓에 좀처럼 만나기 힘든
녀석인데 이렇게 보게 되다니 운이
좋았다. 원숭이올빼미는 노지와
목초지에서 사냥하며, 야간 시력도
좋아서 새까만 어둠 속에서 쥐를 잡는
것쯤은 예사로 한다.

내가 작품을 만들면서 유일하게 사용하는 도구는 가위와 핀셋이다. 특히 핀셋은 다른 식물을 건드리지 않고 작은 디테일을 배치해야 하는 작업 특성상 절대 필요한 도구다.

나는 어떤 방식으로든 식물을 작업판에 접착하지 않는다. 오직 배치만으로 작품을 만든다. 따라서 모든 식물은 작업판 위에 살포시 자리잡고 있을 뿐이다.

이런 점에서 내 작품은 바닥에 유색 모래로 우주 진리를 그림으로 표현한 후 일거에 지워버리는 티베트 불교의 만다라와 닮았다. 나는 나의 모든 작품이 일시적이라는 사실이 무척 마음에 든다. 내 작품 또한 완성된 모습을 사진으로 남기고 나면 만다라의 마지막이 그렇듯 미련 없이 땅에 뿌려진다. 새로운 생명이 탄생하는 데 밑거름이 됐으면 하는 마음에서다.

수리수리 마수리 *Hocus Pocus*

마법으로
다시 불러오고 싶은 날

Happiest of Holidays

내 작품이 마법의 주문이 되어

어린 시절의 그리운 추억을 불러온다면 얼마나 좋을까.

반짝이는 불빛, 빛나는 촛불, 포근한 모닥불, 휴일의 영화 감상,

가족 만남, 친구 모임… 떠올리기만 해도 웃음이 나는

향수 어린 장면을 눈앞에 소환하고 싶다.

그리하여 우리를 그토록 설레게 했던 어느 명절과 휴일의

그 따뜻하고 몽글몽글한 감정을 다시 느낄 수 있다면!

4

기억할 것은, 우리를 행복한 추억으로 데려가는 마법은
작은 것에 있다는 사실이다. 내 작품에 생기를 불어넣어
동심의 세계를 깨우는 것도 바로 디테일에 달려 있다.
초롱꽃, 단풍잎, 부들개지, 백묘국처럼 소소한 것에 기쁨이
깃들어 있다.

* '마녀 헤이즐'은 미국의 핼로윈 대표 캐릭터로, 1952년 디즈니 애니메이션 〈도널드 덕〉의 'Trick or Treat'편에
처음 등장했다. 그 후 워너 브라더스의 〈루니 툰즈〉, 〈메리 멜로디스〉 애니메이션 시리즈에도 등장하는 등 마녀 헤이
즐은 이름만 같을 뿐 외모, 성격, 개성이 모두 다른 마녀 캐릭터로 활용되어 왔다. _편집자주

초롱꽃은 호박이 되었다. 단풍잎은
으스스한 박쥐가 되어 밤하늘을 날고
있다. 마녀 헤이즐을 감쪽같이 변장시켜
준 것은 부들개지와 백묘국이다.

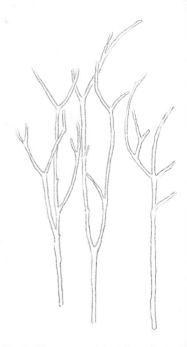

　　나는 여러 나뭇잎을 작업판 위에
　　이리저리 놓으면서 어린 시절 가장
　　행복했던 명절과 휴일날을 다시 사는
　　기쁨을 누린다.

✣

행복에 이르는 길은
평범한 것으로부터
행복을 찾아내는
능력에 달려 있다.
헨리 워드 비처 *

✣

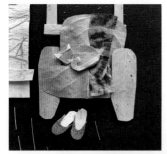

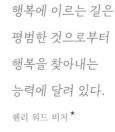

* Henry Ward Beecher, 1813~
1887. 미국의 성직자이자 사회개
혁가, 연설가. 노예제도 폐지를
주장했으며 여성 참정권을 옹호
했다.

✣

북미 원주민에게는 보름달이 열두 개나 있다.

1월의 보름달은 늑대 달, 2월의 보름달은 눈雪 달,

3월은 벌레 달, 4월은 분홍 달, 5월은 꽃 달, 6월 딸기

달, 7월 수사슴 달, 8월 철갑상어 달, 9월 추수 달,

10월 사냥꾼의 달, 11월은 비버 달, 마지막 12월의

보름달은 차가운 달로 불린다.

우리와는 달리 그들의 눈에 보름달은

매월 다른 보름달이고, 열두 개 보름달은

각각 나름의 눈부신 힘을 갖고 있다.

이지러진 곳 하나 없이 온전한 원의

형상은 탈바꿈, 비옥함, 풍요로움을

상징한다.

휘영청 밝은 보름달을

보고 있자면 그 빛이

우리의 영혼을 정화하고

두려움을 잠재우는

듯하다.

✤

"어딜 파야 나온다는 거야?"

"어디든 파 봐."

"뭐야, 보물이 아무데나 묻혀 있단 말이야?"

"그렇지 않아. 사실 보물은 아주 특별한 곳에 묻혀 있어, 허크. 섬에
있을 때도 있고, 밤 열두 시 늙어 죽은 나뭇가지 꼭대기의 그림자가
내려앉는 곳 아래 썩은 상자에 숨겨져 있을 때도 있어. 하지만 유령
나오는 집 마루 밑에 있을 때가 가장 많아."

마크 트웨인, 《톰 소여의 모험》 중에서

✤

* Boo(부)는 핼러윈 날 유령이나 괴물이 갑자기 나타나 사람을 놀래킬 때 내는 소리이다. 우리가 '워!'하면서 놀래
키는 모습을 떠올리면 된다. _편집자주

✝
나에게 있어 나무는 언제나
가장 감명 깊은 설교자다.
나는 나무들이 숲에서
무리를 지으며 사는 모습을
보면 숭배심이 인다.

그리고 그들이 홀로 서 있을 때
내 마음은 더 큰 숭배심으로
일렁인다. 홀로 서 있는 나무는
사람으로 치면 고독한 사람
같다.

어떤 결점이 있어서 세상을 등진 은둔자가 아니라
베토벤이나 니체처럼 본연의 자기로서 고독한, 그런
위대한 사람 같다.

헤르만 헤세, 〈나무들Trees〉 중에서

* 폭설, 심한 산안개 등으로 온 천지가 하얗게 보여 주변을 구분하기 어려운 현상을 말한다. _편집자주

홍관조
*Cardinal**

✣

온몸이 붉은 홍관조라는 새가 당신 집
마당에 날아들면 반갑게 맞아주기를.
천국에서 내려온 손님으로 불리는
새가 바로 홍관조니까.

눈 내리는 그믐달 밤에 당신을 찾아온 이가 천국의 선물을 갖고 왔다고
생각해보라. 이보다 반갑고 멋진 방문객이 있을 수 있을까. 천국의
새이니만큼 홍관조는 나와 당신에게 분명 좋은 것을 주려고 찾아왔을
것이다. 아마도 우리가 바라는 우정, 사랑, 헌신, 행운, 천사의 메시지를
부리에 물고 날개에 실어왔을 것이다.

* 참고로 홍관조는 영어로 '카디널'로 불리며, 이는 천주교 추기경Cardinal이 입는 예복 및 모자의 붉은색을 닮았
다고 해서 붙여졌다고 한다. _편집자주

✜

주여, 나를 당신 평화의 도구로 써 주소서.

미움이 있는 곳에 사랑을

다툼이 있는 곳에 용서를

분열이 있는 곳에 일치를

오류가 있는 곳에 진리를

의혹이 있는 곳에 믿음을

절망이 있는 곳에 희망을

어둠이 있는 곳에 광명을

슬픔이 있는 곳에 기쁨을 심게 하소서.

주여, 위로를 구하기보다는 위로하고

이해를 구하기보다는 이해하며

사랑을 구하기보다는 사랑하게 해 주소서.

자기를 줌으로써 받고

자기를 잊음으로써 찾으며

용서함으로써 용서받고

죽음으로써 영생으로

부활하리니.

성 프란치스코, '평화를 위한 기도'

✜

티파니에서 아침을 *Breakfast at Tiffany's*

나에게 영감을 주는
사람들

Famous Faces

어렸을 적 나는 패션 잡지를 탐독하곤 했다.

나의 뮤즈로 삼을 만한 배우나 모델을 꼭 찾고 싶었다.

사람, 특히 여자를 그리기 시작하면서 생겨난 습관이었다.

뮤즈라면 나에게 울림을 주는

뭔가 특별한 것을 갖고 있어야 했다.

그것은 깊은 감정을 드러내는 눈일 수도 있고

일종의 에너지일 수도 있다.

무엇보다 나는 자유롭게

흘날리는 그들의 머리카락이

좋았다.

다이애나 로스!

로큰롤 명예의 전당에 오른

슈프림스The Supremes의

리드 싱어인 그녀는

들려준 음악만큼이나

거침없는 삶을 팔십 대인

지금까지도 보여주고 있다.

5

또 한 사람, 바로 셰어! 그래미는 물론 에미,

아카데미, 칸, 골든글로브에서 수상한 가수이자

배우로 미국 대중문화 아이콘 중의 아이콘이다.

가히 두 사람은 전설이다. 시선과 인습에 얽매이지

않는 그들의 특별함을 어떻게 표현할까.

아! 어릴 적 그림에 자주 썼던 방법을 사용해야겠다. 딱 한

곳만 색깔을 입혀 전체와 대비시키기. 두 전설의 얼굴이

드라마틱하게 드러나도록!

나는 루스 베이더 긴즈버그Ruth Bader
Ginsburg에게 왕관을 씌웠다.

변호사이자 연방대법관으로 양성 평등과
소수자의 권리 보호에 평생 헌신한
그녀에게는 왕관을 씌워야 마땅하다.

2020년 사망할 때까지 그 후 지금까지도
수많은 여성의 삶에 빛과 영감을 주고 우리
시대 롤모델로 남아 있는 긴즈버그에게 나는 꼭
작품으로 경의를 표하고 싶었다.

★ 루스 베이더 긴즈버그(1933~2020)는 차별과 편견에 대해 가차없는 말과 판결로 '악명 높'았다. 미 동부 힙합의
전설 '노터리어스 BIG'에 빗댄 '노터리어스 RBG'라는 별명이 붙을 정도였다. 일례로 그녀는 버지니아 군사학교의
여성 입학 불허에 위헌 결정을 끌어냈고, 남녀의 임금차별에 항의했으며, 편부 또한 양육수당을 받을 권리가 있음을
주장했다. _편집자주

⊹

6

나뭇잎으로 고흐를 그리겠다고 마음먹었을 때 나는
거인을 떠맡은 듯한 느낌을 받았다. 고흐라는 한
인간을, 예술가를 제대로 표현해내고 싶은 마음이
간절했기에 더한 무게감이었다.

나뭇잎 고흐는 역시 쉽지 않았다.
작업하는 내내 그냥 내가 생각하는
고흐를 그릴걸, 물감으로 칠하면
그만인데, 라는 생각이 맴돌았다.

그러나 한편으로 얼굴과 몸에 한정된 나뭇잎 초상화의
한계를 넓히고 싶은 도전욕이 나를 자극했다. 문득 고흐가
자신이 그린 파란 밤하늘 속에 들어간다면 재미있겠다는
생각이 들었다.

나는 말린 라벤더로 소용돌이치는 밤을 배경에
수놓기 시작했다. 상당한 시간과 인내를 요할
테지만 분명 그만한 가치가 있으리라 자신했다.
고흐의 밤하늘이 또렷해질수록 내 맘이 덩달아
달아올랐다. 그만큼 작품도 살아났다!

⁜

세계에서 가장 나이 많은 십 대.

미국 패션계 아이콘 아이리스 아펠Iris Apfel, 1921~2024은

본인을 이렇게 소개했다.

아흔이 넘은 나이에도 패션모델로 활동할 만큼

남다른 스타일을 가진 그녀를 그리는 작업은

꿈만 같았다.

아펠을 표현하자니 큼지막하고 두툼한 보석,
그녀의 시그니처라고 할 수 있는 둥근 뿔테 안경이
절대적으로 떠올랐다. 그녀에게는 자기만의
확실한 스타일이 있다. 이 책에는 두 작품만
실었지만 나는 얼마든지 세 번째, 네 번째 옷을
입혀 그녀를 만들 수 있다.

고흐와 마찬가지로 아펠의 배경도 특별했으면 했다. 생각해보니
유쾌하고 명랑한 그녀에게는 모나지 않은 원형이 딱이었다. 나는 크고
아름다운 딜 씨앗 꽃대를 말린 다음 가볍게 털어 채종한 뒤 하나하나
원으로 그려 넣었다.

나에게는 바닥을 보면서 걷는 습관이 있다. <존 레논>의
안경에 사용한 유칼립투스 잎은 내가 라호이아에서 가장
좋아하는 멕시칸 레스토랑 근처를 산책하다가 주은
것이다. 그의 데님 재킷은 내 주치의 선생님의 진료실
주위를 걷다가 발견한 단풍잎으로 만들었다.

레스토랑 안의 손님이나 내 옆을 지나가는
사람들은 길가 나뭇잎을 줍는 나를 보며 무슨
생각을 할까. '저 사람은 도대체 뭘 하는 거야'
궁금해하지 않을까. 그들이 지을 표정을
생각하면 나도 모르게 웃음이 터진다.

나뭇잎을 줍다 보면 새삼 놀랄 때가 종종 있다. 가령 보통의
이파리들은 떨어질 무렵이 되면 오래된 금속이나 반사 유리가
그윽한 녹을 덧입듯 그렇게 고색의 멋을 풍기는 색으로 갈아입는데,
이 완벽한 변화를 보면 다시금 감탄이 절로 난다. 나의 유년과 청년
시절을 함께한 비틀즈와 존 레논 역시 1960년대 전성기 때와는 다른
깊은 멋을 품고 있다. 내가 사랑하는 음악가 중 한 명인 존 레논을
작품으로 기념할 수 있어서 무엇보다 기쁘다.

✤

나는 사실 조금 겁이 났다. 안경이며 옷이며 모자는 물론이고 그의

모든 것이 범상치 않기 때문이었다. 그러니 내가 엘튼 존의 그

유명한 야자나무 선글라스를 완성하고 나서 얼마나 감격했을지

짐작이 갈 것이다. 정말이지 나는 꼭 해내고 싶었다! 엘튼 존의 모든

부분이 도전이었다. 말린 노랑 부겐빌레아로 안경테를 만드는 일만

해도 일부 조각을 내려놓고자 팔을 움직일 때마다 자꾸 흩날려

애를 먹었다. 그의 모자와 재킷이 된 바나나 잎은 판넬 사이에 끼어

두고 수개월 말린 후에야 비로소 작업판 위에 오를 수 있었다. 가죽

재킷의 넓고 화려한 칼라는 플라타너스 나무 씨앗의 속이 사용됐고,

재킷 안의 셔츠를 위해서는 백묘국을 가져왔다. 아, 그리고 희한한

우연이겠지만 엘튼 존을 작업하는 동안 그의 노래 〈굿바이 옐로우

브릭 로드〉가 라디오에서 적어도 세 번은 흘러나왔다.

나는 사물을 보는 아인슈타인의
관점에 늘 영감을 받는다. 그는 이렇게
말했다.

"나는 가히 예술가라고 말할 수 있을
정도로 상상력을 자유롭게 사용한다.
상상력은 지식보다 중요하다. 지식은
한계가 있기 마련이다. 하지만 상상력은
세상의 모든 것을 품는다."

그는 공간, 시간, 중력을 이해하는
사고틀에 혁명을 일으킨 상대성
이론으로 우리가 세상을 바라보고
세상과 교류하는 방식에 심오한 영향을
끼쳤다. 노벨물리학상 수상자로 20세기
위대한 과학자로 추앙받는 그이지만 사실
아인슈타인은 어느 예술가보다 상상력의
힘을 믿었다.

둥지를 튼 프리다 *Nesting Frida*

내 안의
프리다 칼로를 찾아서

Foraging for Frida

나는 늘 프리다 칼로를 존경하고 사랑했다. 같은 여성 예술가로서만이 아니다.
나 또한 어둡고 무서운 신체적 고통에 몸부림쳤기에 프리다라는 한 인간의 얘기가
나와 무관하지 않다고 느꼈다. 나는 프리다와 개인적으로 연결되어 있다고 느낄 만큼
깊은 친밀감을 느꼈다. 쥐어짜는 고통이 나를 엄습할 때면 뒤에서 그녀의 목소리가
들리는 듯했다. "이봐요, 정신 차리고 기운 내요!" 프리다의 얘기를 작품에 담다 보니
작품 수가 하나에서 둘, 셋… 마흔아홉 개까지 늘었다. 〈둥지를 튼 프리다〉가 몇 번째
프리다인지는 모르지만 이 작품을 만들었을 때 비로소 그녀를 제대로 담아냈다는
만족감이 들었다. 그녀의 재킷은 이웃집 나무에서 가져온 이파리로 만들었다. 장미의
속꽃잎과 국화 꽃잎은 각각 새의 몸통과 깃털이 되었다. 몇몇 국화 꽃잎은 심하게
구겨져 있어서 다리미로 펴야 했다. 당시 꽃잎을 다림질하며 '내가 별짓을 다하는
구나' 싶었지만 완성된 작품을 보니 하길 잘했다 싶다.

▼ 끝없는 여름의 프리다 *Endless Summer Frida*

▲ 프리다라면 어떻게 할까 *What Would Frida Do*

⊹

담배를 피우는 〈당돌한 프리다〉를 꼭 만들어야 했다. 왜?
어쨌든 그녀는 프리다니까! 나는 맹랑하리만치 거침 없고
건방지리만치 당당한 프리다를 보여주고 싶었다. 우선
나는 그녀가 담배를 피울 때 어깨에 숄을 느슨하게 두른
것처럼 보이게 했다. 숄 안에는 드레스가 어울릴 터였다.
그런 다음 나뭇가지 손가락에는 반지를 끼우고 손목에는
시계를 둘러 주었다.

이렇게 표현하는 일은 무척이나 힘들었다.
드로잉이나 페인팅이라면 어떤 디테일이든
무리 없이 살릴 수 있다. 하지만 접착제를
사용하지 않고 단지 식물을 균형 있게 배치하는
것으로 작품을 만들기란 고되기 그지없다. 물론
완성하면 짜릿함은 그만큼 배가 되지만….

담배는 백묘국 줄기로 만들었고, 담배에 불이
붙은 것처럼 보이게 하려고 윗부분에 쪼그만
독일 스타티스를 얹었다. 이렇게 해서 내가 가장
좋아하는 프리다 중 하나인 〈당돌한 프리다〉가
완성되었다.

✤

어느 날 문득 이웃집의 울타리 위로 고무나무 잎사귀가 길게 늘어져
있는 모습이 눈에 들어왔다. 저 고무나무 잎사귀로 프리다의 상의를
만들면 되겠다는 생각이 스치면서 해볼 만한 시도라는 확신이
들었다. 〈최고의 프리다〉가 탄생한 순간이었다. 잎사귀 두 장이면
상의로 충분한 데다 몇몇 잎사귀가 아름다운 핑크빛으로 변해가고
있다는 점도 나를 사로잡았다. 나는 이 잎들이 프리다를 위한 완벽한
새틴 재킷이 되어줄 거라고 생각했다. 아름다운 작업에 눈부신 작약
두 송이도 함께했다. 말린 라눙쿨루스는 블라우스가 되었고, 파블로
피카소가 그녀에게 선물한 것으로 유명한 손 모양의 귀걸이는
유칼립투스 나무껍질로 만들었다.

⁜

샌디에이고 라호이아에 있는 나의 집 앞에는 매우 아름다운 장미

덤불이 있다. 얄궂은 것은, 공교롭게도 우리 가족이 머무를 때마다

장미가 〈프리다 칼로〉의 머리 장식에 적합할 정도까지는 활짝 피지

않는다는 사실이다. 나는 두 개의 장미꽃이 탐스럽게 만개하길

기다렸다. 〈프리다 칼로〉의 완성도를 생각하면 그 정도 기다림이야

정당한 대가가 아닌가. 나는 프리다가 살아생전 가끔 머리 리본에

꽃을 꽂았던 모습을 떠올리며 '푸르푸레아'로 만든 머리카락 사이에

핑크 유칼립투스 장식을 더했다. 귀에는 역시 피카소가 선물한

손가락 귀걸이를 달아주었다. 그녀 또한 흡족해할 것이다. 나는

자신의 싱그러운 정원에서 명상하는 프리다를 상상하며 이 작품을

만들었다. 그녀가 가만히 눈을 감고 있는 이유다.

✣

망자의 날 Dia de los Muertos은 멕시코에서 매년 11월 1일(모든 성자의 날)과

11월 2일(모든 영혼의 날)에 행해지는 전통 축제이다. 이틀의 축제 기간

동안 사람들은 알록달록한 코스튬을 입고 갖가지 얼굴 분장을 하고는

조상들과 세상을 떠난 사랑하는 이들을 기린다. 나는 오래전부터 축제

맞춤옷을 입고 진하게 얼굴 분장한 프리다를 마음에 품고 있었다.

백일홍과 딜 씨앗을 발견했을 때 나의 오랜 바람이 이뤄질 날이 왔다는

것을 알았다. 백일홍은 그녀의 머리에 얹으면 딱이었다. 딜 씨앗은

분장한 얼굴에 무늬를 그려 넣기에 아주 그만이었다. 어깨에 앉아

있는 그녀의 작은 벌새 친구도 완벽한 코스튬 차림으로 동행했을 것이

분명하다!

✤

가끔은 일이 그냥 흘러가고 있었는데
정신 차려 보면 완벽해져 있을 때가
있다. 그런 경험을 한 적이 있는가?
나에겐 이 작품이 바로 그렇다.

나는 다육식물을 배치하는 내내 깊은 잠에 빠진
듯 그저 손을 놀리고 있었다. 그러다 문득 다시
본 작품은 놀랍게도 완성이 되어 있었다. 그렇게
신기하게 만들어진 작품이어서 일까. 나는
다육식물로 가득 찬 이 작품을 온종일이라도
바라볼 수 있을 것 같다. 이 작품이 만족스러운
가장 큰 이유는 따로 있다. 바로 모든 재료를
라호이아에 있는 우리집 문밖에서 구했다는
사실이다. 비록 그 과정에서 벌새의 방해가 있었고
재스민 꽃에 달려드는 벌을 쫓아야 했지만 말이다.

나는 파랑과 초록, 핑크빛을 띤 정원을 꿈꾼다. 그리고 이런 곳에
요정도 있으리라 생각한다. 내가 머물고 싶은 이 요정의
정원을 프리다는 어떻게 생각할까. 내 마음도
당신과 같아요, 이렇게 말하지 않을까.

오늘의 여왕 *Queen for a Day*

숲 속으로

Into the Forest

지구라는 커다란 행성에는 인간 외에도 다른 멋진 생물들이 산다. 새만 해도
놀랍기 그지없다. 어떤 새는 인간의 말을 따라하고, 어떤 새는 철이 되면 서식지를
옮기기 위해 하루에 수백 킬로미터를 날아가며, 어떤 새는 가장 고운 노래를
들려준다. 청력 면에서 완벽하다고 할 수 있는 여우는 영리하기까지 하며, 곰은
유달리 총명하기로 이름나 있다. 우리 인간은 이러한 생명체들과 함께 살아갈
특권을 부여받았다. 나는 신비로운 동물 친구를 작품으로 창조하는 일을 좋아한다.
동물 친구를 만드는 데 사용되는 이파리는 대부분 도어 카운티에 있는 집 마당에서
구한다. 가을이 되면 붉은 날다람쥐들이 겨우내 머물 보금자리를 만들면서 갉아낸
삼나무피가 상층부 나뭇가지에서 떨어져 수북이 쌓이기 시작한다. 이 나무껍질은
숲속 친구들을 만들기에 딱 좋다.

✥

하나의 작은 세상을 담은 테라리엄*을 생각해보았다. 캄캄한 밤 내지
동그라미 모양의 하얀 대낮이 있고 여기에 모든 환상적인 디테일이
밀집되어 있는 공간 말이다. 그런 테라리엄을 만든다는 느낌으로
여러 가지 시도를 해보면 재밌을 것 같았다. 동그라미 모양이 안에
들어가는 동식물을 한데 모아줄 테고, 모가 나지 않은 테두리가
다가가기 쉽다는 인상을 더해줄 것이다. 가장 마음에 들었던 부분 중
하나는 안팎의 경계가 흐릿하다는 점이었다. 새와 벌, 나비는 밖으로
날아가는 것일까 안으로 날아드는 것일까?

* 테라리엄terrarium은 밀폐된 유리 용기 안에 동물, 식물을 넣어 만든 일종의 인공 생태계를 말한다. _편집자주

⟨⟩

다른 작품을 완성하고 남은 꽃들이
있길래 잘됐다 싶었다. 〈필요한 건
사랑이 전부엉이〉에 이것저것 조금씩
더하면서 만지다 보면 작품이 더
풍성해지리라 생각했다.

나는 카네이션과 거베라 데이지에서
떼어낸 꽃잎을 아래에서부터 꼼꼼히
배치해나갔다. 그 후 차례로 발톱, 눈썹,
눈을 만들어감에 따라 서서히 형체가
갖춰지더니 드디어 온전한 부엉이가 내
눈앞에 나타났다. 와, 이렇게 멋진
부엉이라니. 이렇게 짜릿한 순간이 있나!

내 딸 브룩이 작품을 보더니 바로 제목을
지어주었다. 보통은 창작자인 내가
만들다가 짓는 게 작품명인데 이번엔
딸아이의 도움을 받았다. 아무리 봐도
작품에 딱 어울리는 제목이다.

* 유명 팝송 〈All You Need Is Love〉의 All 대신 발음이 비슷한 Owl을 사용해 재미를 주는 제목이다. _편집자주

너의 많은 재능과 장점을 뽐내 듯 남들에게 내세울 필요는 없어. 자만심은 가장 뛰어난 천재들을 망가뜨리거든. 진정한 재능과 장점은 네가 애쓰지 않아도 머잖아 드러나기 마련이야. 설사 남들이 알아봐 주지 않더라도 자신에게 그런 재능과 장점이 있고 이를 제대로 쓰고 있다고 스스로 자신할 수 있으면 그걸로 충분한 거지. 겸손함이야말로 사람을 사로잡는 가장 큰 미덕이란다.

루이자 메이 알코트, 《작은 아씨들》 중에서

감마 걸 *Gamma Girl*

당신 안에
다 있어요

Everything You Need Is Inside You

명상은 내 인생의 중요한 부분이다. 나는 명상을 통해 내 안의 다양한 자아를
실현할 수 있었다. 가장 뜻깊은 깨달음을 준 것도 명상이다.
즉 '내게 필요한 모든 것은 이미 내 안에 있다'는 사실을 알게 해주었다. 이 사실을
깨닫고 느끼기 위해 내가 해야 할 일은 단 하나다. 나 자신으로 온전히 존재하기.
이것으로 충분하다. 이 챕터에 등장하는 모든 여성은 나의 명상 여정, 치료·치유의
시간 동안 영감을 받아 그린 것이다. 그녀들의 말에 귀를 기울여보라.
진실의 목소리가 들릴 것이다.

처음에 〈자유로운 영혼〉은 생 잎사귀가 상당 부분을
차지하는, 완전히 다른 작품이었다. 작품 속 여성도 나무랄 데
없었고 사진 찍을 준비도 다 끝냈지만 무언가 꺼림직한 느낌을
지울 수가 없었다. 그녀를 곧바로 자연으로 돌려보낼 찰나 나의
발길을 잡은 것은 그녀의 표정이었다.

웃는 듯 꿈꾸는 듯 오묘한 그녀의
표정이 무척 맘에 들었다. 그래서
종종 그러하듯이 나는 손을 내려놓고
정원으로 나가 사방을 돌아다니면서
나뭇가지, 나뭇잎, 나무껍질을 줍기
시작했다. 이때 살아 있는 것, 생기
넘치는 것, 알록달록한 것은 무시했다.

그후 작업실로 돌아와 주워온 재료를
그녀 위에 그야말로 자유롭게, 생각을
앞세우지 않고 이것저것 올려놓아
보았다. 그저 창작하기 시작했다.

나비는 변신, 회복, 강력한 변화를 상징한다.
애벌레에서 번데기를 거쳐 성충이 되는 나비의
삶은 우리에게 말한다.

자기 내면을 들여다볼 때 무너진 자신을 세우고
성장시킬 수 있다고. 스스로를 믿고 내면의 힘에
따른다면 영혼을 새롭게 할 수 있다고. 나는 이
메시지를 〈은총〉에 담고 싶었다.

돌아보면 나는 두려움 속에 얼어붙어 있었다. 걷는 것에
대한 두려움, 움직이는 것에 대한 두려움, 내가 모르는
무언가가 고통을 불러와 오늘 하루를 훔쳐갈지도 모른다는
두려움이었다. 나는 누구보다 이 두려움을 잘 안다.
경계선에 가까스로 매달려 있어서 손가락 하나 떼기조차
무서운 마음을 이해한다.

집 안에 안전하게 머물며 그림을
그리면 정말 쉬웠을 것이다. 그러나
꽃과 나뭇잎은 나를 두려움으로부터
끌어내 집 밖으로 향하는 문을 열게
해주었다.

고통스러운 경험을 통해 나는 평화와
자유를 향한 유일한 길은 용기와
믿음을 갖고 낯선 세상으로 첫발을
내딛는 것임을 배웠다. 새로운 미래가
간절하다면 두려움을 딛고 첫발을 떼라.
평화는 두려움의 반대편에 있다.

당신의 여정을 믿어라 *Trust Your Journey*

✤

당신의 길을 찾게 될 테니 서두르지
마세요. 여정의 안내자가 될 당신 안의
빛을 믿고 의지하세요.

길들여지지 않는 그녀의 얼굴을 완성하고 보니 그녀는 평온한
표정으로 고요히 눈을 감고 있었다. 지금 그녀는 무엇을 생각하고
어떤 감정을 느끼고 있을까? 아마도 자연과 연결되어 자유와
온전함을 향유하고 싶지 않을까? 그녀의 얼굴을 들여다보다가
잠시 휴식을 취하려고 밖으로 나갔다. 이곳저곳을 거니는데 어린
소나무처럼 보이는 양치 식물류의 작은 잎이 이웃집 울타리에 걸쳐져
있는 모습이 눈에 띄였다.

이상하게도 그 순간 그녀가 생각하고
느끼는 것을 받아들이고 그것대로 그녀
안에 두는 게 맞다는 생각이 들었다.
그러자 하나의 이미지가 그려졌다.

키 큰 소나무 너머로 달이 떠오르고
새들이 자유롭게 날아다니는 강가에
그녀가 서 있는 풍경. 이 장면은 그야말로
완벽했다. 마치 그녀가 살아오는 것
같았다. 마지막 작업은 간단했다. 그녀의
동백 꽃잎 머리카락을 말 그대로 살짝
어루만지는 게 다였다. 그녀는 이렇게
완성되었다.

⚜

나는 걸으면서 특별히 어떤 것을 찾으려고 애쓰지 않는다. 그저
흥미로운 것이 보이면 보이는 대로 관심을 흘려보낼 뿐이다. 특히
마른 씨앗, 꼬투리, 알록달록한 나뭇잎, 특이한 모양의 나뭇잎은
언제고 내 눈길을 사로잡는다. 가장 즐거운 경우는 의외의 장소에서
멋진 나뭇잎을 발견할 때다. 가령 편의점 주차장에서 아름다운 갈색
나뭇잎을 찾을 때 같은 순간이다! 이렇게 의도하지 않았지만 나의
품에 들어온 나뭇잎은 당당히 작품에 등장한다. 〈야생의 영혼〉에서
바람에 흩날리는 머리카락을 바로 이 갈색 나뭇잎으로 만들었다.
야생의 그녀를 보는데 J.R.R. 톨킨의 말이 문득 떠올랐다. "방황하는
모든 이들이 길을 잃은 것은 아니다." 늘 마음에 새기곤 하는 이
문구는 자신의 야성으로 자유롭게 살아가는 그녀에게 딱 맞는 말이다.

11

당신이 만약 '꽃의 아이'라면
이 세상을 더 나은 곳으로
만들고자 하는 깊은 갈망을
지닌 자유로운 영혼일
것이다.

또한 모든 사람에 대해 사랑과 연민을
품고 있을 것이고 그들에게 긍정적인
에너지를 뿜어낼 것이다. 사랑스러운
꽃의 아이가 되는 방법은 어렵지 않다.

그저 감사한 마음을 갖고 꽃과 신의
창조물들 사이에 가만히 앉아 있기만
하면 된다. 그렇게 그들의 아름다움이
당신을 가득 채우도록 그냥 두면 된다.
당신은 자연과 분리된 존재가 아니라 곧
자연이라는 사실을 결코 잊어서는 안 된다.

* Flower Child는 히피족, 이상을 좇는 사람을 일컫는다. 1960년대 후반 평화와 사랑, 자유의 상징으로 꽃을 몸에 달거나 들고 다니는 이들을 두고 언론에서 Flower Child라고 부른 데서 유래했다. 본문에서는 자연과 조화롭게 살길 바라는 사람을 의미한다. _편집자주

누군가에게 햇살이 되어 주자 *Be Someone's Sunshine*

그냥
여자일 뿐

Just the Girls

어릴 적 그림을 그리기 시작한 이래 나는
여성의 초상화를 그리는 작업에 몇 시간씩
연달아 매진하곤 했다. 이제는 꽤 능숙해져서
약간의 아카시아 나뭇잎과 부겐빌레아만
있어도 여성의 모습을 자연스럽게 담아낼 수
있다. 이들 재료를 얼마나 어디까지 사용할
수 있는지 실험해보는 과정은 즐거움을 준다.
하지만 새로운 시도가 위험한 모험이 될 때도
있다. 작품의 구성 요소들이 미묘한 균형을
이루고 있어서 자칫 어느 하나를 잘못 옮기면
모든 노력이 수포로 돌아가기 때문이다.
여성의 초상화를 만드는 작업에서 가장
재밌는 것은 따로 있다. 아기자기한 디테일을
완벽하게 다듬을 때 그리고 주인공 여성의
개성을 보여주는 의상, 목걸이, 반지, 브로치,
매니큐어 칠한 손, 시계, 안경으로 찰떡인
재료를 찾을 때 가장 신난다!

12

다 잘될 거야 *Things Will Work Out*

❖

행복과 불행은 당신이 무엇을 가졌고 어떤 사람인지, 어디에 있고 무엇을 하는지와는 관련이 없다. 단지 행복과 불행에 대해 당신이 어떻게 생각하는가와 상관이 있다. 가령 두 사람이 같은 장소에서 같은 일을 한다고 가정해보자. 아마 둘은 거의 같은 양의 돈과 명성을 얻을 것이다. 그러나 한 사람은 불행하고 한 사람은 행복할 수 있다. 어째서? 마음가짐이 다르기 때문이다. 나는 뉴욕, 시카고, 로스엔젤레스와 같은 대도시의 냉방시설이 갖춰진 사무실에서 행복한 얼굴을 많이 보았다. 마찬가지로 열대 지방의 지독한 더위 속에서 형편없는 도구를 사용하면서 고생하는 가난한 농민들 가운데서도 행복한 얼굴을 많이 보았다. 셰익스피어는《햄릿》에서 이렇게 말한다. "좋은 것도 나쁜 것도 없다. 다 생각하기 나름이다."

데일 카네기,《인간관계론》중에서

✣

나는 몸이 아플 때마다 내가 사랑하는
사람들을 실망시키고 있다고 생각했다.
어떤 대가를 치르더라도 하는 일은
반드시 해내야 한다는 사고방식에서
비롯된 반응이었다. 제대로 해내지
못한다는 것 자체는 근본적인 문제가
아니었다.

그러다가 이런 식의 생각은 지속
가능하지도 건강하지도 않다는 사실을
깨달았다. 쉬면서 스스로를 돌보는
일은 게으른 것과 아무 상관이 없고,
거절한다고 이기적인 사람이 되는
것도 아니라는 사실을 배워야 했다.
이 챕터의 작품을 만들면서 내 곁에서
매일 나를 지켜야 할 사람은 결국
나 자신이라는 깨달음을 되새겼다.
당신은 부디 나처럼 스스로를
몰아붙이고 자신을 비하하지 않기를
바란다. 당신은 멋지고, 당신은
충분하니까.

서두를 필요가 없어요. 반짝반짝 빛나지 않아도 돼요.
자기 자신이 아닌 다른 누구도 될 필요 없어요.

버지니아 울프, 《자기만의 방》 중에서

⚜

커피숍에서 나와 보니 내 자동차 앞에
아카시아 나뭇가지 하나가 떨어져
있었다. 파릇파릇하게 살아 있는 게
꼭 머리카락처럼 보였다. 나는 이
나뭇가지를 집으로 가져와 〈그레타〉를
만드는 데 사용하기로 했다.

휘어 있는 나뭇가지 모양새는 그녀의 머리카락이
바람에 부드럽게 흩날리는 것처럼 보이게 하는
동시에 그녀의 얼굴 형태를 만들었고 작품에 동적
효과를 불어넣었다. 나는 구부러진 나뭇가지의
쓰임 방식이 무척 맘에 들었다.

그녀의 어깨 위에 내려앉은 작은 새를 만들 때는 다소
흥분됐다. 내가 둘 사이 어떤 모종의 관계를 포착한 것
같은 희열을 느꼈기 때문이다. 작은 새와 그레타 사이에
오간 교감을 나뭇잎 언어로 전달할 수 있으면 좋으련만
나로서는 쉽지 않아서 난감하기만 하다.

✥

우리가 모든 것을 다 알아냈다고 느끼는

바로 그 순간 삶은 다른 것을 계획하고

있기도 한다.

✛

마음속에 오랫동안 품고 있었던 인어를 드디어

만들었다. 조개를 모아 만든 왕관부터 퀴노아와 치아

씨앗으로 만든 머리카락까지 셸리와 함께 있는 동안

나는 온종일 바다 내음을 맡을 수 있었다.

여기 두 명의 여성은

내가 헤어용품

회사에서 의뢰를

받아 만든 작품이다.

나는 이들이

여성스러우면서 강한

분위기를 풍겼으면 했다.

사자 머리가 대수인가?!

데이지, 라눙쿨루스, 작약, 백합,

그리고 바다포도 잎사귀 하나가

어우러져 자유로운 영혼의 그녀들을

빛나게 한다.

스트로베리 필즈 바위솔 *Strawberry Fields* *

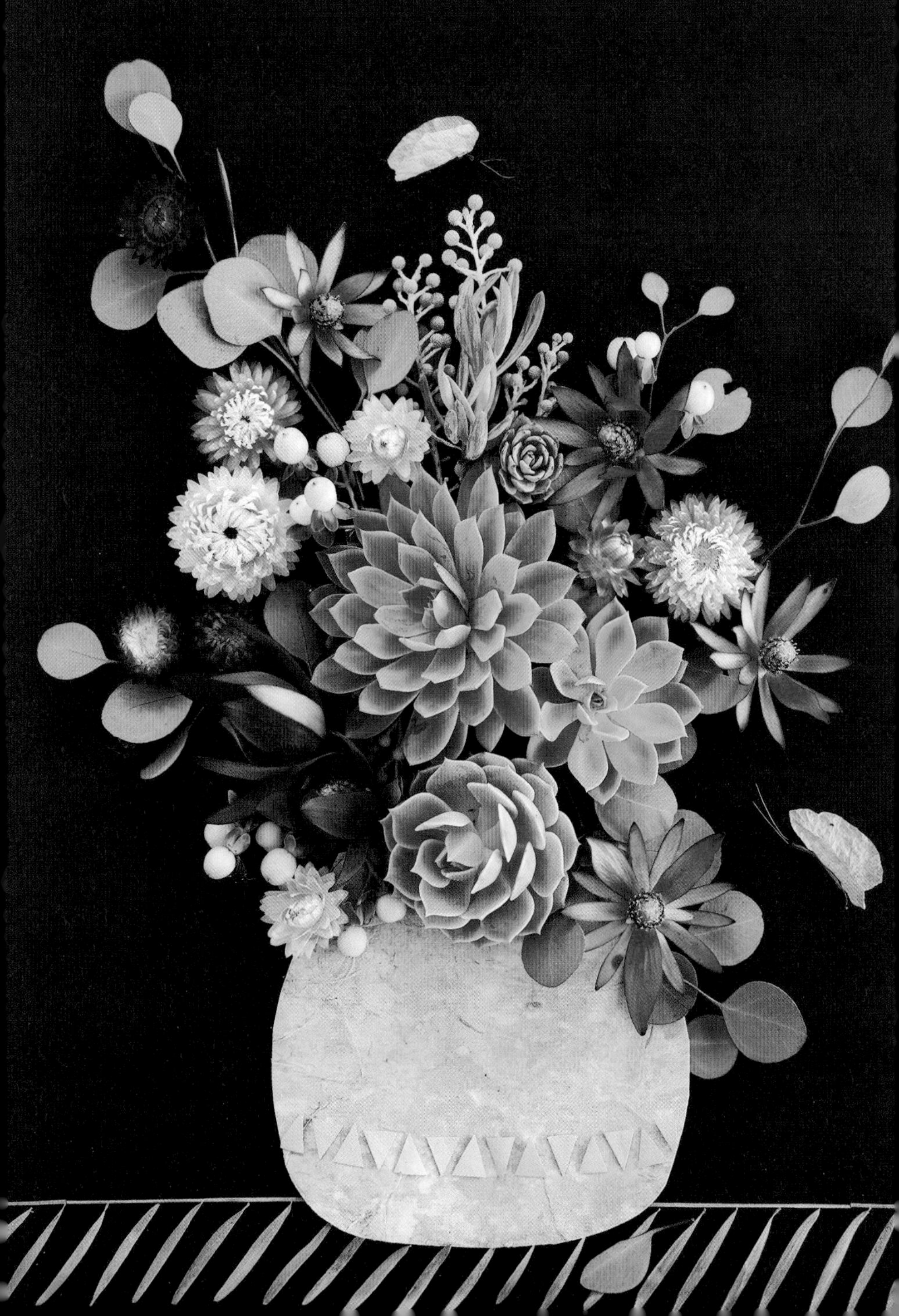

영원한
꽃

Everlasting Blooms

플라워 아트 작업에서 가장 재미있고 신나는 순간 중 하나는 꽃을 배열할 때다.
어떤 색깔, 모양, 질감의 꽃들을 조합해야 서로 잘 어울리고 조화롭게 보일지
찾는 과정은 짜릿하기까지 하다. 이 챕터에 등장하는 꽃병들도 '마르긴 했지만
아직 생생해 보이는 이 많은 꽃과 잎으로 뭘 하면 좋을까' 고민하다가 떠오른
아이디어였다. 여러 꽃을 이리저리 맞춰 보는 일은 일종의 놀이 같다. 실제로 나는
재밌는 놀이를 한다는 마음으로 플라워 아트 작업을 시작한다. 우리집 정원에서
가져온 수국, 스타티스, 실버 브루니아, 라벤더, 식탁보 줄무늬로 쓰려고 자른
말린 단풍잎, 나비가 된 장미 꽃잎이 모아졌다. 완벽한 어울림이다.

*   바위솔은 돌나물과의 여러해살이풀 중 하나로, 다육식물로 많이 키운다. 스트로베리 필즈는 바위솔의 한 종류.
소나무 잎, 솔방울 모양을 띠고 있으며 이 작품에서는 가운데 위치해 있다. _편집자주

딸아이 결혼식에 사용된 꽃이
버려지는 모습을 볼 수는 없었다.
내 차에 한가득 실어 결국 집으로
가져왔다. 너무 많다는 걸 알았지만
상관없었다. 단 한 송이도 두고 오는
상상을 하면 가슴 아팠으니까.

꽃들을 작업실로 가져와 분류한 후 새로 다듬었다. 꽃병에 담으면서
모든 정리가 끝났을 때는 열다섯 개 꽃병이 생겼다. 이때까지도 딱히
꽃으로 무엇을 하겠다는 생각은 없었다. 며칠이 지나고 결혼식 참석
차 방문한 가족들이 하나둘 떠났다. 이제 꽃으로 뭘 좀 만들어볼까
해서 작업실에 왔을 때는 이미 거의 모든 꽃이 시들었거나 곰팡이가
피어 있었다.

아직 생기가 남아 있는 꽃이 단지
몇 송이뿐이더라도 이걸로 뭘 해볼
수 있지 않을까. 고민 끝에 나는 이
꽃들을 나만의 꽃병에 담아 영원히
보존하기로 결심했다. <9월>은
이렇게 탄생했다.

이 작품을 위해 작업실에
흩어져 있는 말린 잎사귀란
잎사귀는 한 장도 빠짐없이
다 모았다.

말린 잎사귀라고 했지만 여전히
생기 있고 푸릇푸릇해 보여서
몇몇 잎사귀를 장난삼아 가볍게
배치해보았다. 그러자 머릿속에서
좋은 아이디어가 떠올랐다.

우선 꽃병을 하나 만들자. 생생하고 풍성한
잎사귀를 꽂는 거야. 꽃병의 외관도 근사해야
겠지. 화려한 장식을 달지 뭐. 이렇게 멋진
꽃병을 어디에 놓을까? 튼튼하고 고풍스러운
탁자도 만들자. 음, 꽤 괜찮겠는데?!

✣

네 개의 정사각형 땅 가운데
(⋯) 세 곳은 마글루아르 부인이
채소밭으로 가꾸었다. 나머지
한 곳에는 주교가 꽃을 심었다.
과일나무 몇 그루도 군데군데
보였다. 언젠가 마글루아르
부인이 비아냥거리듯 이렇게
말했다. "주교님께서 뭐 하나
그냥 내버려두시는 모습을 본
적이 없는데 이 땅은 웬일로 그냥
놀리시네요. 꽃을 키울 게 아니라
샐러드로 먹을 만한 것을 심는 게
낫지 않았을까요?"

주교는 이렇게 대답했다.
"마글루아르 부인, 그건 잘못된
생각입니다. 아름다운 것은 쓸모
있는 것만큼이나 유용해요."
그러고는 잠시 멈춘 뒤에 "아니, 더
유용할 겁니다."라고 덧붙였다.

빅토르 위고, 《레 미제라블》 중에서

⚜

이 작품은 하나의 꽃다발이다. 라호이아 농산물
직판장에서 구한 밀짚꽃, 단골 꽃집에서 발견한
우아한 골드핑거 핀쿠션 프로테아, 유칼립투스,
밝은 노랑 미모사가 한데 어우러지면서 일견
행복하게 춤추는 듯 근사한 꽃다발이 되었다.

꽃병은 좁은잎카제풋 나무껍질로 만들었다. 좁은잎카제풋은
종이 같은 얇은 나무껍질을 가졌다고 해서 일명 종이나무로
불리는데, 운 좋게도 내가 사는 지역의 UPS 택배센터 근처에서
이 나무를 발견할 수 있었다. 길가에서 주워온 나한송은
테이블보가 되었다. 실제 물을 채운 꽃병에 꽃을 담는 것도
재밌지만 나처럼 플라워 아트의 일환으로 꽃이 가득 찬 꽃병을
만들어보는 것도 흥분되는 일이다.

나는 이 작품을 만들면서 우리 엄마가 왜 꽃 디자인이라면
눈이 반짝하시는지 알게 되었다. 엄마는 당신이 가꾸는
식물의 언어를 이해하는 플랜트 위스퍼러plant whisperer이자
플라워 디자이너로서 많은 꽃을 사진으로 기록해왔다.
엄마는 남들이 모르는 꽃의 힘을 알고 계신 것은 물론 그
힘을 당신 내면에 갖고 계셨던 것이다.

파인애플 *Pineapple*

꽃의 힘

Flower Power

Flower Happy Dance [플라워 해피 댄스] [동] [비격식] 1. 놀랍도록 잘 조합된 색상이 다양한 꽃 모양과 어우러져 완벽한 조화를 이루다.

내 마음속 아트 사전에는 '플라워 해피 댄스'라는 단어가 있다. 나는 〈파인애플〉 작품을 볼 때마다 가장 아름다운 플라워 해피 댄스란 이런 것이 아닌가 하는 생각을 한다. 왁스 플라워, 라눙쿨루스, 델피니움, 아스트란티아, 달리아, 주황 친체린치, 거베라 데이지, 아라비아의 별, 국화, 장미, 스카비오사, 알로에(파인애플 윗부분에 사용), 다육식물이 제각기 색깔을 내면서도 어디 하나 거슬림이나 어긋남 없이 하나로 녹아들고 있다. 마치 완벽한 커플이 보여주는 황홀한 춤처럼.

⊹

때로는 한 송이의 꽃이 무수한
영감을 불러일으키기도 한다.
흰 백합을 본 순간 우아한 순백색
드레스의 자태가 눈앞에 떠올랐다.

그리고 바로 이어서 드레스의
절정을 이룰 완벽한 밑단의
모양이 그려졌다. 드레스의
몸통은 흰 왁스 플라워, 흰
작약, 스타티스로 만들었다.

✛

내가 이런 말을 하리라고는 전혀 생각하지 못했지만 지면을 빌어

꼭 전하고 싶다. "수많은 사람이 얘기하듯이, 지금까지 살아보니

정말 인생에는 달콤하고 알록달록 기쁜 일만 있지는 않더군요. 쓰고

괴로운 얼룩덜룩한 일도 나를 심심찮게 찾아왔습니다. 누군가에게

위로가 될지 모르겠습니다만 조심스럽게 말해주고 싶습니다. 삶의

여정에서 결코 만나고 싶지 않은 엉망진창의 길과 그 길을 울면서

가야만 했던 힘든 시간도 분명히 가치가 있다고요. 고통스럽던

그때의 걸음이 결국에는 넘치도록 많고 빛나는 것을 선물해주기

때문입니다. 바로 나의 이야기입니다."

❖

어릴 적부터 내 여동생은 하트 모양이라면 덮어놓고 좋아했다.

모아 놓은 하트 모양 물건의 양만해도 상당하다. 지금도 하트 사랑은

여전해서 크리스마스 트리 장식만 해도 하트 모양으로 도배를

해놓는다. 누가 봐도 하트 콜렉터라고 할만하다. 옆에서 동생이

지겹도록 '하트, 하트' 해서일까 어느 순간 나도 동화된 듯 하트 홀릭에

동참해서 나만의 하트를 만들기에 이르렀다. 하트는 모양만큼이나

의미도 사랑스럽다. 사랑, 공감, 이해… 내가 만든 하트에도 아름다운

마음을 담아 본다.

＊ 북아프리카와 중동 지역에 널리 퍼진 손바닥 모양의 부적으로, 화를 피하고 부를 불러온다고 알려져 있다. 함사 Hamsa는 '다섯'을 뜻하는 아랍어 캄사Kkamsah에서 유래하며 무함마드의 딸인 파티마의 손Hand of Fatima으로 도 불린다. _편집자주

가능하면 최대한 자연에서 잎사귀를 모으려고 노력하지만 일 년
내내 꽃이 피지 않는 곳에서 창작할 때는 꽃집에 가곤 한다. 때는
4월이었고 중서부에서는 여름 꽃을 구할 수 없는 시기였다. 그래서
이번에도 단골 꽃집으로 향했다.

꽃집에 가면 화려한 색의 향연에 영감을 받아 좋기도 하지만 내가
아끼는 작은 가게를 조금이나마 돕는 것 같아 내심 뿌듯하기도 하다.
이번에도 눈 호강을 누리며 라눙쿨루스, 데이지, 다육식물, 핑크 왁스
플라워, 파랑 프리지아, 흰 솔체꽃과 파랑 솔체꽃, 노랑 과꽃과 핑크
과꽃, 핑크 히페리쿰, 아라비쿰, 주황 아라비아의 별, 핑크 헤더,
골덴로드, 핑크 아스트란티아와 흰 아스트란티아, 클레마티스 꽃
덩굴을 한아름 품에 안고 왔다. 이들 꽃은 여기 꽃 수영복을 비롯해
다른 작품에서도 고운 빛을 발했다.

다육식물의 요정 *Succulent Fairy*

내가 사랑하는
다육식물

Succulents

가장 좋아하는 식물이 뭐냐고 물으면 나는 항상 '다육이'라고 대답한다.
다육식물로 작업할 때는 꿈을 꾸는 것 같은 환희에 젖곤 한다. 이 식물은 내 앞에서
죽지도 날아가지도 않는다. 그저 내가 놓은 곳에 머무르며 최선을 다해 작은 쇼를
보여줄 뿐이다. 무엇보다 일부를 떼어내 사용해도 다시 번식시킬 수 있다는 점이
매력적이다. 내가 이번 챕터를 구성할 수 있었던 것도 이 장점이 크게 작용했다.
〈다육식물의 요정〉은 내가 처음으로 다육식물로 왕관을 만든 작품이다. 당시 얼마나
즐겁고 설레였는지 지금도 생생히 기억난다. 여기 챕터에 등장하는 모든 작품은
바다에서 불과 몇 걸음 거리에 있는 라호이아 씨레인 가의 해안가 작은 집에서
탄생했다. 이곳이라면 다육식물이 부족할 일은 전혀 없다.

❖

어릴 적 내가 닳도록 읽은 책이 있다. 닥터 수스*의 《물고기 하나, 물고기 둘, 빨간 물고기, 파란 물고기One Fish, Two Fish, Red Fish, Blue Fish》이다.

* 닥터 수스Dr. Seuss는 세 번의 아카데미상과 1984년 퓰리처상을 수상한 타고난 이야기꾼으로, 《내가 동물원을 운영한다면If I Ran the Zoo》《호튼이 누군가를 듣는다Horton Hears a Who!》《모자 속 고양이The Cat in the Hat》《그린치는 어떻게 크리스마스를 훔쳤을까How the Grinch Stole Christmas!》를 포함해 60권이 넘는 동화책을 썼다. 1991년 향년 87세의 나이로 타계했다. _편집자주

유년기 내내 나와
함께한 책이니만큼
여기 내가 다육식물로
만든 물고기에도 알게
모르게 영향을 끼쳤을
것이다.

그러나 확신하건대 이들 작품을
창작하는 데 있어 나를 이끈 결정적인
영감의 순간은 따로 있다.

수중 물거품으로 사용할 진주 모양의
다육식물 한 줄기를 찾았을 때다!

⊹

비슷해 보이지만 다육식물은 저마다의 매력과
개성을 갖고 있다. 다육이들의 특성을 어떻게
살리느냐에 따라 얼마든지 색다른 변신이
가능하다. 나는 다육이로 멋진 새를 만들었다.

나는 햇살을 닮은 노란색
다육식물 하나와 나뭇가지 몇
개로 순식간에 사랑스러운
〈루나〉를 만들었다. 만들고
보니 루나에게 친구가 있으면
좋겠다는 생각이 들었다.

그래서 얼른 〈조이〉를 데려왔다. 조이의
몸과 날개는 월토이로 만들었고,
성을녀와 칼랑코이로는 눈을, 돌나물로는
발을 만들었다. 나는 특별히 조이의
뱃속에 자리잡은 자그마한 성을녀가
마음에 쏙 든다. 이렇게 만들면서 매번
놀라는 것은, 잎사귀 몇 장을 이리저리
옮기는 것만으로도 금세 어떤 이미지를
표현할 수 있다는 사실이다.

삼림욕 *Forest Bathing*

마법의 장소

Magical Places

　　나에게는 상상으로 빚은 마법의 장소가 있다. 그곳은 하나의 작은 세계이고
별이 빛나는 밤하늘을 담고 있는 곳이다. 나는 꽃으로 마법의 장소를 만드는
시간을 가장 좋아한다. 마법의 장소에 대한 영감은 내가 연중에 머무는 두 곳에서
얻는다. 샌디에이고 라호이아와 위스콘신 도어 카운티에 있는 각각의 작은 집은
서로 다른 풍경을 품고 있어 작품의 색을 다채롭게 한다. 샌디에이고 라호이아는
밝은 에너지로 가득 찬 곳이다. 여기에서는 햇볕에 그을린 여자들이 맨발로 서핑
보드를 들고 유유히 바다로 향하는 모습을 흔하게 볼 수 있다. 예컨대 〈토스카나의
태양 아래에서〉와 〈여자처럼 서핑해 봐〉가 라호이아 집에 있을 때 영감 받아 만든
작품이다. 반면 위스콘신 도어 카운티는 고요함과 사색의 분위기가 짙은 곳이다.
　　숲의 위안과 호숫가 삶의 평온을 기대하는 사람들이 이곳으로 모여든다.
〈달콤한 인생〉과 〈호박밭〉 〈페닌슐라 주립공원에서〉 등이
도어 카운티에 머무는 동안 탄생한 작품이다.

✣

위스콘신 도어 카운티에 있는
작업실은 미시간 호수 근처에
있는 우리집에서 몇 발자국
거리에 있다. 키 큰 소나무와
단풍나무로 둘러싸여 있어서인지
이곳에 있으면 말 그대로
자연의 품에 폭 안긴 것
같다. 어떤 느낌일지는 도어
카운티에서 영감 받아 만든

〈행복을 주는 곳〉만 봐도 알 수 있을 것이다. 내 예술 작업에서 중요한
조건 중 하나는 '빛'이다. 자연광을 고집하는 나로서는 작업 테이블을
북동쪽을 향해 난 창가에 놓을 수밖에 없다. 자연빛이라는 조건은
작업 여부도 결정한다. 많은 경우 살아 있는 꽃과 나뭇잎을 사용하는
작업 특성상 몇 시간 안에 작품 완성과 촬영을 마쳐야 하기 때문이다.
그래서 채광이 좋지 않은 날은 작업을 시작조차 못할 때도 있다.
샌디에이고 라호이아에 있는 작업실은 일 년 내내 온종일 빛이
들어온다. 여기서는 사진 촬영에 적합한 빛을 만들기 위해 도리어
내리쬐는 햇볕을 막아야 할 정도로 채광이 훌륭하다. 행복한
문제라고나 할까. 채광이 좋아서인지 실제로 대부분의 작업이
라호이아에서 이루어진다. 그야말로 온전한 몰입의 시간을 갖는
것이다.

* 픽시는 잉글랜드 전설 속 요정으로, 뾰족한 귀에 고깔모자를 쓰며 어린아이의 외형을 갖고 있다. _편집자주

✢

"내 그림이 무섭지 않아요?"

"무섭냐고? 모자가 무서울 게 있니?"

나는 모자를 그린 게 아니었다. 보아뱀이 코끼리를 통째로 삼켜서
소화시키고 있는 모습을 그린 것이었다. 그래서 할 수 없이 어른들이
알아보도록 보아뱀 속까지 그려서 보여주었다. 어른들에겐 항상
설명을 해줘야 한다. (…) 어른들은 나에게 보아뱀의 안이고 밖이고
간에 그런 그림은 집어치우고 지리나 역사, 산수, 문법이나 신경
쓰라고 충고했다. (…) 어른이라는 사람들은 혼자서는 아무것도
이해하지 못한다. 매번 꼬박꼬박 설명을 해줘야 한다니 어린애로서는
참으로 성가신 일이 아닐 수 없다.

생텍쥐페리,《어린 왕자》중에서

⁜

우리집 정원을 내다보고 있자면 나는
가끔 이런 게 궁금하다. 아름다운
나뭇잎이 모여 있는 저 곳에서는 과연
무슨 일이 벌어지고 있을까? 흙 속,
눈에 보이지 않는 저 깊숙한 곳에서는
무슨 일이 일어나고 있을까?

내가 관찰하기로 우리집 정원으로
날아오는 새, 벌, 나비, 잠자리와 각종
벌레 및 동물들은 상호관계를 맺으며
서로 이웃하며 살고 있다. 때가 되면 꽃
속에 숨겨진 꿀을 홀짝이고 나무와 꽃과
땅과 태양 사이 공간에 집을 지으면서
다른 생명체와 더불어 살고 있다.
이토록 조화로운 세계가 우리집 정원에
펼쳐져 있다. 놀라움과 함께 꽃을 심는
일이 나에게 무슨 의미였는지 다시금
깨닫는다. 당시엔 몰랐지만 꽃을 심는
일은 나에게 어떤 것보다 치료적 효과가
있었다. 내가 해본 일 중 어떤 것도
여기에 미치지 못한다.

내가 일 년 중 머무는 위스콘신 도어 카운티의 여름과 가을은 유달리 환상적이다. 세계 각지의 사람들이 그림 같은 바닷가 마을의 정취와 감탄을 자아내는 주립공원의 풍경, 호숫가에서의 고즈넉한 삶을 즐기기 위해 이곳에 온다.

이들은 '이곳의 꽃은 어쩜 이렇게 탐스럽냐'며 그 이유를 나와
내 딸 브룩에게 묻곤 한다. 우리가 페닌슐라 주립공원 인근의
고풍스러운 마을 중 하나인 피시 크릭Fish Creek에서 가게를
운영하고 있기 때문이다. 우리의 대답은 간단하다. "콤비를
이룬 공기와 물의 환상적인 팀플레이가 찬란하고 풍성한 꽃을
피우는 거죠." 대자연의 품은 어떤 어른도 길을 잃을 만큼 크고
넓어서 혼자 있을 곳도, 당신을 다시 대지와 연결해줄 곳도,
영혼의 허기를 채워줄 곳도 얼마든지 찾을 수 있다. 여기 두
작품은 자연을 품은 도어 카운티에서 생활하는 동안 영감 받아
만든 것이다.

나는 언제나 일이 우리'에게' 일어나는 것이 아니라 우리를 '위해'
일어난다고 믿어왔다. 우리가 해야 할 일은 세상이 우리에게 무엇을,
왜 요청하는지 알아내는 것뿐이다. 나에 관한 요구는 이것이었다.
"용기를 내어 작은 걸음을 내디뎌 봐."

✢

눈에 보이진 않지만 우리 모두는 어떤 주파수를 공유한다.
광범위하게 퍼져 있는 이 주파수는 사랑과 즐거움의 에너지로 가득
차 있다. 삶이란 다름 아닌 이 에너지를 나누는 것이다. 자연은 물론
다른 생명체와의 연결에서도 점점 더 멀어지는 인간과 달리 동물은
여전히 우주와 호흡을 같이 하는 듯하다. 이들은 주변의 모든 것과
완벽하게 공명하며, 이 공명은 두려움이나 걱정 때문에 끊기는 법이
없다. 나는 우리 인간 또한 이런 높은 수준으로 우주와 연결되고
싶어 한다고 생각한다. 자연은 우리에게 한 가지 방법을 알려준다.
한 사람 한 사람이 우주를 구성하는 강력한 힘이라는 사실을 깨닫는
것이 먼저라고. 아무쪼록 여기 작품이 우리를 이 깨달음으로
이끌어주기를 바란다.

라호이아에 머물면서 내 취향의 멋진 집을 많이 보았다. 그
중에는 내가 아는 집 중 가장 아름다운 핑크빛을 띤 집이 있다.
〈작은 집의 정원〉 속 핑크빛 전등은 이 집에서 영감을 얻었다.
핑크빛 집의 현관 왼편에는 나무가 한 그루 있는데 종종 화려한
전등과 반짝이는 조명으로 장식되어 있어 눈길을 끈다.

정말 인상적인 건 정원이다. 나는 휴일 날 그 집 정원이 같은
모습인 경우를 단 한 번도 본 적이 없다. 매 휴일 정원은
새롭게 단장돼 있다. 명절과 휴일마다 독특하게 장식된
핑크빛 집의 정원 풍경을 보는 것도 라호이아가 나에게 주는
즐거움 중 하나다.

라호이아의 거리를 걷다 보면 흡사 어느 정원사의
꿈속에 내가 들어와 있는 게 아닌가 하는 착각이
든다. 들어오라고 손짓하는 듯한 정겨운 출입문이
있고 아름다운 꽃이 가득한 그런 꿈의 정원 말이다.

★ 20세기 중반이라는 뜻의 미드 센추리Mid-Century는 1940년대 후반부터 1960년대 미국을 중심으로 인기를 끌었던
주택 및 인테리어 방식으로, 실용성과 기능성을 강조한다. _편집자주

역시
집이 최고야

Home Sweet Home

꼬마 시절부터 식물은 나의 놀이 대상이었다. 조막만 한 손으로 나뭇가지, 나뭇잎,
클로버로 조그만 집을 만들던 기억이 난다. 나는 작은 인형들이 머물 아담하지만
특별한 보금자리를 짓는 일에 푹 빠져 있었다. 특히 현관문, 창문, 입구에 두는 화분과
같은 소소한 디테일을 완성하는 일을 정말 좋아했다. 보통의 또래 여자 아이들이
바비 인형의 드림 하우스를 원하는 것과 달리 나는 한 번도 그런 걸 바라지 않았다.
내 손으로 직접 인형 집을 만들고 싶어 했다. 나는 지금도 그런 소녀이다.

여행은 내 영감의 원천이다. 설령 그것이 동네 한 바퀴를 산책하는 일일지라도 말이다. 〈올리베타스 가〉도 이렇게 작은 여행을 하다가 영감 받아 만든 것이다. 내가 머무는 샌디에이고 라호이아에서 차를 몰고 어디로든 가다 보면 올리베타스 가를 지나치곤 하는데, 그때 내 눈에 띈 집이 바로 작품이 되었다. 올리베타스 가에서 조금 내려가면 서핑과 노을 맛집으로 유명한 윈단시 비치Windansea Beach가 나온다.

2018년 운 좋게 나는 딸아이와 함께 재료 구입 및 관광 차 모로코로

여행을 떠났다. 마라케슈 메디나Marrakech Medina라는 도시는 우리

모녀의 마음을 사로잡기에 충분했다. 거리에는 분홍색 벽과 멋지게

장식된 출입구가 줄지어 있었고 가는 곳마다 도자기, 빈티지 양탄자,

온갖 종류의 직물, 핸드 페인팅한 도자기, 은으로 만든 장식품이

가득해서 눈을 뗄 수가 없었다. <마라케슈에서의 아침>은 이 잊지

못할 모로코 여행에서 탄생한 작품이다.

✤

"피터, 도대체 너는 어떻게 나는 거야?"
"아름답고 아주 멋진 생각만 해, 존.
그러면 몸이 공중으로 떠오를 거야."

제임스 매슈 배리, 《피터 팬》 중에서

✤

✛

모든 요정에게는 다육식물로 만든
드림 하우스가 필요하다. 정말 그런지,
어떤 집을 꿈꾸는지 요정에게 직접
확인해보기를!

같은 깃털을 가진 새 *Birds of a Feather*

사랑의 손

Hands

손은 어느 예술가에게 물어봐도 다루기 어려운 신체 부위라고 대답할 것이다.
사실적으로 드로잉하기도 페인팅하기도 만만치 않을 뿐만 아니라 다른 식으로
재창조하기도 쉽지 않다. 나도 마찬가지다. 손이란 주제로 작업하면서 솔직히 내
심정은 '완전히 망치지만 않는다면 뭐라도 나오겠지'였다. 운 좋게도 반신반의하면서
이것저것 시도해본 결과가 나쁘지 않았다. 〈같은 깃털을 가진 새〉도 탄생했고 뒤에
나오는 〈성조기〉와 〈성소수자의 자긍심〉도 빛을 보게 됐으니 말이다. 잘 보면 이
세 작품은 모두 같은 손이다. 한마디로 이 손은 나에게 작품을 선물해준 손이다.
손가락 부분을 몇 번 망쳐서 힘들게 재작업을 해야 했지만 지금의 작품을 보면 그런
수고스러움이 후회되지 않는다. 그럴 만한 충분한 가치가 있었다.

✢

꼬맹이였을 적 독립기념일 행진을 보러 가는
것은 가장 설레는 일 중 하나였다. 나는 거리
쪽으로 한껏 몸을 내밀고는 작은 성조기를
힘껏 흔들곤 했다. 그때로부터 60여 년이
흐른 지금, 성소수자 가족·친구를 위해 그들의
자긍심을 상징하는 무지개 깃발을 흔드는
일은 독립기념일에 성조기를 흔드는 것만큼
중요하다고 생각한다.

마지막으로 할 말이 있다.

나는 당신이 내 작품을 보고 야외에서 더 많은 시간을 보내길

바란다. 목적지를 정하지 말고 아무 계획 없이 걸어보길 바란다.

그저 느끼는 대로 돌아다니면서
모든 소리, 향기, 에너지에 흠뻑
젖어보기를 바란다. 영감과 치유에
불붙이는 연습을 한다 생각하고
스마트폰에서 손을 떼고 문밖을
나서길 바란다.

자연이 '자연과 당신은 분리된
관계가 아니'라는 말을 속삭이면서
당신을 끌어당길 때 부디 저항하지
말고 자신을 내맡기기를 바란다.
그리고 우연히 고개를 숙이고
땅바닥을 보던 중 한때 도토리라고
생각했던 것이 귀걸이로 보인다면
지나치지 말고 그 자리에 앉아서
당신만의 놀이를 해보기를 바란다.

∾ 에필로그 ∾

꽃을 만나고, 나뭇잎을 줍고, 모은 꽃과 나뭇잎으로 작품을 만드는 일은 내 치유의 여정을 아름답게 탈바꿈시킨 핵심 과정이었다. 나의 엄마는 꽃·나뭇잎 예술이 당신 딸 인생을 온전하게 만들었다고까지 말할지도 모른다. 플랜트 위스퍼러이자 플로리스트, 플라워 디자이너로서 누구보다 식물의 힘을 잘 알고 있는 엄마는 딸에게 일어난 일이 무엇인지 잘 알고 계실 것이다. 엄마는 여든이 넘은 지금까지도 전시회를 열어 자신이 찍은 꽃 사진을 선보일 정도로 식물 사랑이 깊다.(최근에 연 전시회에서는 나의 플라워 아트 작품도 나란히 걸렸다.) 우리 엄마가 내 예술에 얼마나 큰 영향을 끼쳤을지 충분히 예상할 수 있을 것이다.

살다 보면 예상치 못한, 때로는 처참하기까지 한 시련이 예고도 없이 우리를 찾아온다. 내 경우 심신을 쇠약하게 하는 질병의 모습으로 왔다. 끔찍한 고통으로 삶이 궤도를 이탈했을 때 나는 몸은 물론이고 암울하게 흘러가는 생각과도 분투해야 했다. '예술가로서 나는 끝났어. 내 정체성과 자아표현 방식의 거대한 귀퉁이가 잘려나갔어.' 이런 부정적인 생각이 엄습하곤 했다. 하지만 나의 창조적 영혼은 슬픔보다 강했고 나를 꽃·나뭇잎 예술로 이끌었다. 지금 나는 새로운 의식으로 새로운 삶을 살고 있지만 여전히 나는 이전과 똑같이 창의적이고, 탐구심 많고, 놀랍도록 예술가다운 여성이다.

만약 내가 물감이니 점토니 그런 익숙한 재료를 빼앗기지 않았다면 과연 나뭇잎, 꽃이라는 새로운 재료를 찾았을까? 모르겠다. 나는 이 경험을 통해 상실이라는 개념을 새롭게 보게 되었다. 상실은 새로운 것이 들어올 자리를 마련해줄 뿐만 아니라 세상을 더 세밀한 단위로 보는 관점을 제공한다. 상실은 나에게 주변의 모든 것을 정말로 바라보는 것, 소중한 디테일을 의식하고 명상하는 것, 긍정적인 확언이나 햇살이 필요할 때 타인(가령 딸아이)에게 의지하는 것에 대한 지혜를 가르쳐 주었다.

두려움은 우리를 어두운 곳으로 더 깊이 파고들게도 하지만 우리를 최상의 모습으로 나아가게 하기도 한다. 나는 지겹도록 많이 두려움의 저울 위를 오르내렸고, 그 끝에 깨달은 것은 단순하다. 두려움에서 벗어나는 유일한 길은 모든 게 순리대로 흘러가도록 그냥 두는 것이며 결국 세상일은 제자리를 찾아 잘 풀릴 거라고 믿는 것이다. 모든 문제의 해결책을 찾는 것은 내 일이 아니다. 그런 일은 나보다 더 위대한 어떤 존재에게 맡기는 게 맞다. 이렇게 할 때 삶을 바꿀 기회가 '나타나'고 자신을 성장시킬 여지가 생긴다.

나는 머리를 비우고 싶으면 집 밖을 나선다. 영감을 얻고 싶을 때도 마찬가지다. 나무들 틈에 서서 신선한 공기를 들이마시다 보면 아이디어가 떠오르기 시작한다. 당신도 나처럼 야외에서 많은 시간을 보내길 바란다. 밖을 나서는 목적일랑 없어도 좋다. 눈이 가는 대로, 발길 닿는 대로 걸으면 된다. 그러다가 자연에서 감흥 어린 뭔가를 발견하면 그것을 마음껏 즐기면 된다.

나의 딸이자 록스타인 브룩

종종 사람들은 딸아이 브룩도 식물로 예술 작품을 만드는지 물어본다. 우리가 함께 사업을 하기에 자연스럽게 드는 궁금증이라고 생각한다. 결론적으로 말하면 나뭇잎과 꽃으로 작품을 만드는 일은 나만 한다. 그러나 다른 사람이 내 작품을 볼 수 있는 건 오로지 딸아이 덕분이다.

내가 이 작업을 시작했을 때 그저 혼자 재미 삼아 하던 취미거리 정도였다. 그래서 완성한 작품 몇 점을 사진으로 찍어 브룩에게 보낼 때도 안부 인사 차원이었다. 딸로서 엄마가 무얼 하면서 지내는지 궁금해할지 모른다고 생각했기 때문이다. 브룩이 보인 첫 반응은 휴대전화로 말고 제대로 된 카메라로 사진을 찍어보라는 것이었다. 그런 반응을 보고 나는 딸이 내 작품을 완전히 엉망이라고 생각하진 않는다는 걸 알았다. 브룩은 멈추지 말고 계속 해보라고 격려해주었다. 그 후 브룩의 주문은 한 단계 더 나아갔다. 내 작업물을 소셜 미디어에 올려도 되냐고 물었다. 소셜 미디어 플랫폼에 애증의 감정을 갖고 있던 나로서는 브룩의 추진력이 아니었다면 온라인 커뮤니티든 종이책이든 아무 빛도 보지 못했을 가능성이 크다. 브룩은 또한 내 작품의 '돌보미'가 되어주었다. 나는 사진 이미지를 세상에 내보내는 데 필요한 복잡한 컴퓨터 작업을 전혀 할 줄 모른다. 따라서 내가 완성 작품을 사진으로 찍고 난 뒤부터는 브룩이 도맡아서 진행한다.

딸아이의 칭찬과 격려가 없었어도 내 작품이 이렇게 알려지고 누군가에게 판매될 수 있었을까? 아니다. 어떤 말도 브룩이 쏟은 노력과 인내에

단짝 친구 *Gal Pals*

대한 감사함을 표현하기에 부족하다. 딸과 함께 모녀 팀으로 일했던 경험은 살면서 가장 보람된 일 중 하나다. 브룩은 이 책이 나오기까지 나만큼이나 중요한 역할을 했다. 내 눈에 (그리고 다른 많은 사람의 눈에) 브룩은 완전한 록스타다.

고맙습니다

먼저 부모님께. 저의 창의적인 열정을 보듬어주셔서 감사합니다. 식물과 진실한 교감을 나눌 수 있는 사람이 우리 엄마라니, 감사할 이유입니다. 또 제게 식물 없는 삶은 무미건조하다는 것을 보여주셔서 감사합니다. 아빠, 영적인 지혜를 알려주셔서 감사합니다. 아빠가 당신의 신체적 장애를 점잖게 견디는 모습을 보면서 많은 것을 배웠습니다. 보고 싶어요.

줄리, 달린, TJ와 UT에게. 처음부터 끝까지 조건 없는 사랑과 성원을 보내줘서 고마워. 사랑해! UT, 여름 내내 당신의 아내와 함께 지내게 해줘서 고마워. 덕분에 일을 잘 해낼 수 있었어.

나의 사랑스러운 남편 크레이그에게. 어떤 말로도 부족할 것 같아. 첫날부터 당신은 나를 격려해주고 내 예술적 열정을 전적으로 지지해주었지. 미스터 골든이 없는 시스터 골든은 시스터 골든이 아니야. 당신은 늘 내가 무슨 일이든 할 수 있다고 느끼게 해.

나의 아들 앤드루에게. 너는 지금도 나에게 많은 것을 가르쳐주고 내가 앞으로 나아갈 수 있다는 사실을 매일 상기시켜주지. 길을 밝혀주는 등불이 돼줘서 고마워.

매트에게. 네가 인내심을 갖고 나에게 카메라 다루는 방법을 가르쳐주지 않았다면 나는 계속 헤매고 있었을 거야. 내가 사진과 관련해서 곤란을 겪을 때마다 너는 해결사가 되어주었지. 내가 이해할 때까지 기다려주고 최고의 사위가 되어줘서 고마워.

세계 최고의 여성 팀 알렉스, 메리, 대니얼, 질에게. 여러분의 아름다운 에너지, 관심, 사랑의 손길이 닿지 않고는 단 하나의 인쇄물, 카드, 일기장, 달력도 세상에 나가지 못합니다. 제 작품을 마치 자신의 것처럼 소중히 생각해준 데 대한 고마움은 그 어떤 말로도 부족합니다. 여러분은 모두 햇살이고 여러분이 제 삶에 있는 것은 큰 축복입니다.

해나와 미란다에게. 늘 감사합니다.

저스티나 블레이크니, 셰릴 레몬, 버지니아 케세로우스키에게. 숙녀분들, '식물 가지고 놀기'에 대한 영감을 주셔서 감사합니다.

레이지 킨델스퍼거, 사라 보나쿰, 로라 드루, 에린 캐닝을 비롯한 쾨르토 그룹에게. 책을 통해 제 작품을 세상과 공유하자고 제안해주신 것에 무한한 감사를 전합니다. 여러분과 함께 일하는 것은 꿈만 같았어요. 이 모든 작업을 처음 해보는 브룩과 제가 편안하게 일할 수 있게 해주셔서 감사합니다.

지난 십여 년간 저를 지지해준 모든 멋진 사람들에게. 제 작품을 소유한 분이건, 소셜 미디어에서 저희를 팔로우하는 분이건, 갤러리를 직접 방문하신 분이건, 저는 매일 여러분의 사랑을 느끼며 그 어떤 단어로도 저의 감사함을 다 표현할 수 없습니다. 여러분의 열정은 제게 계속 동기를 부여합니다.

꿈꾸는 꽃밭, 삶은 피고져서 아름다운 것이다

지은이 빅키 롤린스
옮긴이 최영민

1판 1쇄 인쇄 2024년 8월 06일
1판 1쇄 발행 2024년 8월 30일

펴낸곳 (주)지식노마드
펴낸이 노창현
표지 및 본문 디자인 박재원
등록번호 제313-2007-000148호
등록일자 2007. 7. 10

(04032) 서울특별시 마포구 양화로 133, 1201호(서교동, 서교타워)
전화 02) 323-1410
팩스 02) 6499-1411
홈페이지 knomad.co.kr
이메일 knomad@knomad.co.kr

값 19,800원
ISBN 979-11-92248-23-3 03840